U0326656

著名朗诵艺术家张家声、林如倾情朗读

中华经典诗文诵读读本

雅言传承文明 经典浸润人生

国家语言文字工作委员会 选编

第二版

图书在版编目(CIP)数据

中华经典诗文诵读读本. 壮岁篇 /国家语言文字工作委员会选编. —2版. —北京：北京大学出版社，2015. 10

ISBN 978-7-301-26194-1

Ⅰ. ①中… Ⅱ. ①国… Ⅲ. ①文学欣赏-中国－青少年读物 Ⅳ. ①I206-49

中国版本图书馆CIP数据核字（2015）第193106号

书　　名　中华经典诗文诵读读本 · 壮岁篇（第二版）
ZHONGHUA JINGDIAN SHIWEN SONGDU DUBEN

著作责任者　国家语言文字工作委员会　选编

责任编辑　宋思佳　白　雪　杜若明

标准书号　ISBN 978-7-301-26194-1

出版发行　北京大学出版社

地　　址　北京市海淀区成府路205 号　100871

网　　址　http://www. pup. cn　　新浪微博：@ 北京大学出版社

电子信箱　zpup@pup.pku.edu.cn

电　　话　邮购部 62752015　发行部 62750672　编辑部 62754144

印 刷 者　北京大学印刷厂

经 销 者　新华书店

880毫米×1230毫米　A5　4.625印张　133千字

2007年8月第1版

2015年10月第2版　2018年4月第3次印刷

定　　价　20.00元

《中华经典诗文诵读读本》编辑委员会

第二版说明

习近平总书记曾谈道："中国是有着悠久文明的国家。在世界几大古代文明中，中华文明是没有中断、延续发展至今的文明，已经有五千多年历史了。我们的祖先在几千年前创造的文字至今仍在使用。两千多年前，中国就出现了诸子百家的盛况，老子、孔子、墨子等思想家上究天文、下穷地理，广泛探讨人与人、人与社会、人与自然关系的真谛，提出了博大精深的思想体系。他们提出的很多理念，如孝悌忠信、礼义廉耻、仁者爱人、与人为善、天人合一、道法自然、自强不息等，至今仍然深深影响着中国人的生活。中国人看待世界、看待社会、看待人生，有自己独特的价值体系。中国人独特而悠久的精神世界，让中国人具有很强的民族自信心，也培育了以爱国主义为核心的民族精神。"

优秀传统文化凝聚着中华民族自强不息的精神追求和历久弥新的精神财富，是今天我们发扬社会主义先进文化的深厚根基，是建设中华民族共同精神家园的重要支柱。提升优秀传统文化在意识形态领域的重要作用，需要全社会行动起来，正视优秀传统文化的价值，发掘其中蕴涵的现代意义，出版传承优秀传统文化的图书则是我们出版者义不容辞的责任。

本套读本初版于2007年，八年来多次重印，深受社会各界读者的喜爱。著名朗诵艺术家关山、张家声、林如和王雪纯为这套读本倾情诵读，声情并茂，感人至深。可惜的是，读本和诵读光盘分开销售，读者大都不知道这套读本另配诵读光盘，未能体验朗诵艺术家的深厚感染力。为此，我们修订再版这套读本，订正了原书中的少量错误，调整了版式，最重要的，是附赠诵读光盘，使得读者可以充分领略朗诵大家的艺术魅力，加深对于所选诗文的理解。

这套读本收录诸子百家及文学作品共计580余篇（则）。依读者的年龄层次、学习习惯、兴趣特点分别编入"幼儿篇""小学篇Ⅰ、Ⅱ""中学篇Ⅰ、Ⅱ""大学篇""壮岁篇"和"晚晴篇"六篇八册之中。

“幼儿篇”考虑幼儿的特点和兴趣，选取的都是诗词，其他各册分“进德修业，成就智仁勇”“含英咀华，体悟真善美”和“附录”三部分。

“进德修业，成就智仁勇”部分是先秦诸子百家经典（也收录部分后世学者的相关阐释）中有关道德修养和人格培养的语录，以格言式的短篇警句为主，按立意内容分若干子目，依类列出，每类中的作品大致以朝代先后为序。

“含英咀华，体悟真善美”部分选取文学作品，以古代为主，稍涉现代。作品以体裁为序，先诗后文，以作者的时代依次排列。

本读本所选文言文作品通注汉语拼音，以利诵读。字音以《现代汉语词典》为准。个别入韵的字，考虑到古典诗词格律特点和传统的诵读习惯，保留传统读音，如“斜”注 xiá，“还”注 huán，“骑”注 jì 等。

注解分“注释”和“赏读”（赏析）两部分，帮助读者理解选文的内容和意义。

选文版本以通行本为主，兼顾中小学教材的版本。

“附录”分作者与作品简介和版本目录两部分，简要介绍本书作者和作品并附版本说明。

本读本各册均附诵读光盘，分别由关山、张家声、林如和王雪纯朗诵。

雅言传承文明　经典浸润人生

文化是民族的符号。一个民族的崛起，除了经济的强盛外，更重要的是文化的繁荣。进入21世纪，随着中国经济的腾飞，中国文化的复兴也随之摆在我们每个炎黄子孙的面前。中华民族有悠久的文明史，虽历尽沧桑，仍然昂首屹立于世界民族之林，文化的薪火相传居功厥伟。文化不绝，民族就不灭。在这个意义上，传承、弘扬我们的文化，可以说是我们民族复兴的首要任务。

近年来，随着“国学热”的持续升温，整个社会对传统文化的兴趣日增，对经典的关注程度也越来越高。神州大地，处处弦歌之声，诵读经典，蔚然成风。可以说，中华民族的文化自觉时代正在悄然来临！所谓文化自觉，是指认识并继承民族文化的精髓，在新的时代加以发扬光大，在此基础上与其他文化展开平等对话，取长补短，和谐共处。文化自觉带来的将是文化的复兴、民族的复兴，将是和谐社会，和谐世界。

我们的文化博大精深，自不待言。五千年的文明，给我们留下了巨大的精神宝藏。其中最具代表性的就是我们的经典。我们的经典琳琅满目，众美毕呈，最引人注目的就是对人的塑造：对崇高道德的体认，对完美人格的追求，对人生价值的探究，对真善美的渴望……“富润屋，德润身”（《礼记·大学》），经典的嘉言，是滋润我们心灵的甘泉，它像春雨一样，在不知不觉中，浸润我们的人生，使我们的人生更充实、更丰富、更完美。

经典是神圣的。面对经典，我们不能不产生敬畏和感恩之心。五千年的历史长河中积淀下来的东西，塑造了我们的品格，塑造了我们的灵魂。继承并将其发扬光大，是我们义不容辞的责任。

当然，我们对传统文化的传承和弘扬决不是照单全收，而是扬弃，即去粗取精、去伪存真，“剔除其封建性的糟粕，吸收其民主性的精华”（毛泽东《在延安文艺座谈会上的讲话》）。对于过时的、陈旧的东西，如“君要臣死，臣不得不死”“不孝有三，无后为大”等宣扬愚忠愚孝的内容是坚决要摒弃的。我们要弘扬的是积极的、向上的，反映中华民族优良传统的精髓，是流淌在我们血脉之中的、打着中华民族印记的、伴随我们穿越五千年历史走到今天的文化基因和令我们自豪的文明成果。正如胡锦涛总书记在中共中央政治局学习时指出的，我们既要弘扬中华传统文化，又要借鉴西方先进文明，在弘扬与借鉴中继承和创新。

在传统文化逐渐走进人们视野的背景下，国家语言文字工作委员会在2007年初提出了“把推广普通话和推行规范汉字与弘扬中华优秀文化相结合”的工作思路，向全社会发出倡议，通过诵读经典传承中华文化，在诵读中亲近经典，在亲近中热爱中华文化，在热爱中弘扬中华文明，在弘扬中创新、发展。“雅言传承文明，经典浸润人生”，这一口号一经提出，迅速得到了社会各界的积极响应。

经典是浩瀚的。对于现代人来说，“皓首穷经”既无必要，恐怕也无可能。再说，不同的人群对经典的阅读需求也可能不同。这就需要我们提供合适的选本。

经典是雅言记录的。“子所雅言，《诗》《书》、执礼，皆雅言也。”（《论语·述而》）这里的“雅言”，指的是以周王朝京都地区的语音为标准的官话，也就是当时的通用语。现在我们用“雅言”（普通话）诵读经典，就是要让这形式和内容两方面的财富互为平台，相互生发、相得益彰。

由国家语言文字工作委员会组织编选，北京大学出版社出版的这套《中华经典诗文诵读读本》共8册，其突出特点是分年龄段，按照年龄的不同分为“幼儿篇”“小学篇”“中学篇”“大学篇”“壮岁篇”和“晚晴篇”。针对不同的人群，选取适当的诗文，可以说是一个有益的尝试。

经典浸润人生，经典伴随一生。这套读本力求能体现这一点。道德的追求、人格的完善是一个贯穿整个人生的过程，因而有些篇目分别出现于多个分册，这是不可避免的，甚至是必要的。“言近而指远者，善言也；守约而施博者，善道也。”（《孟子·尽心下》）经典嘉言内涵丰赡，在不同的人生阶段会唤起人们不同的体悟，因而篇目的看似重复实则体现着认识的深化。

经典是博大精深的。尽管撷取务精，但因读本容量所限，难免遗珠之憾。这也给编者提出了新的任务，追索读者的需要，让经典贴近读者，让读者亲近经典；让经典走进读者的心灵，让读者走进经典的殿堂。在这方面，编者还有很多工作要做。

21世纪是中华民族实现伟大复兴的世纪，我们躬逢其盛，何幸如之！让我们行动起来，这样才能无愧于历史，让我们从经典诵读开始吧！

国家语言文字工作委员会主任

赵沁平

2007年6月

目录

进德修业，成就智仁勇

崇德 1

惟德动天，无远弗届 /2
作德心逸日休 /2
元、亨、利、贞 /3
刚、毅、木、讷 /4
温而厉，威而不猛，恭而安 /4
执德不弘，信道不笃，焉能为有？焉能为亡 /5
夫子自道 /5
君子无终食之间违仁 /6
三不朽 /7
信信，信也；疑疑，亦信也 /9
养生安乐者，莫大乎礼义 /9
操行有常贤，仕宦无常遇 /10

守善 11

君子不忧不惧 /12
讷于言敏于行 /12
君子三戒 /13
尊五美，屏四恶 /13
反求诸己 /16
舍生取义 /17
圣人择可言而后言 /19
君子三乐 /20
人必自侮，然后人侮之 /21
善不积，不足以成名；恶不积，不足以灭身 /22
君子能为可贵 /23
以义变应，知当曲直 /24
兼权之，孰计之 /25
君子之耻 /26

谦抑 27

天道亏盈而益谦 /28
天何言哉 /28

处无为之事，行不言之教 /29
不争之德 /30
盛德而卑 /31
三利三患 /32
自伐其善，则莫不恶也 /34

正身守信 35
其身正，不令而行 /36
不能正其身，如正人何 /36
古者言之不出 /37
君子不失足于人 /37
志忍私，然后能公 /38
延陵季子脱剑挂墓 /38

交友 41
道不同，不相为谋 /42
无友不如己者 /42
君子之交淡若水 /43
无不爱也，无不敬也 /44

向学 45
我非生而知之者 /46
君子食无求饱，居无求安 /46
三患五耻 /47

教子 48
中也养不中 /49
君子有三乐 /49
曾子教子 /50
父慈子孝，兄友弟恭 /52

养生 53
五色令人目盲 /54
物也者，所以养性也，非所以性养也 /54
治身，太上养神，其次养形 /55
养生者先须虑祸 /56

含英咀华，体悟真善美

诗经·周南·汉广 /60
左　思　娇女诗 /62
陶渊明　移居 /66
鲍　照　拟行路难 /67
张九龄　望月怀远 /68
李　白　客中作 /69
李　白　蜀道难 /70
黄庭坚　登快阁 /74
陆　游　剑门道中遇微雨 /76
蒋士铨　岁暮到家 /77
柳　永　雨霖铃（寒蝉凄切）/78
柳　永　望海潮（东南形胜）/80
李清照　一剪梅（红藕香残玉簟秋）/82
陆　游　卜算子·咏梅 /83
张孝祥　念奴娇·过洞庭 /84
姜　夔　扬州慢（淮左名都）/86
元好问　水调歌头·与李长源游龙门 /88
萨都剌　念奴娇·登石头城 /90
李　密　陈情表 /92
王羲之　兰亭集序 /97
江　淹　别赋 /100
韩　愈　师说 /108
欧阳修　醉翁亭记 /112
苏　轼　记承天寺夜游 /116
苏　轼　前赤壁赋 /117
张　岱　湖心亭看雪 /122
闻一多　发现 /124
艾　青　手推车 /125

附录

作品与作者简介 /127
版本目录 /132

中华经典诗文诵读读本

雅言传承文明 经典浸润人生

进德修业，成就智仁勇

“惟德动天，无远弗届”，古人十分看重道德的力量。道德是人的立身之基，对道德的追求则是人生的第一需要，“君子去仁，恶乎成名？”而高尚的道德素养又能完善自身，“仁者不忧，知者不惑，勇者不惧”，这是古人理想的道德人生。千载而下，也是我们学习的榜样。

wéi dé dòng tiān wú yuǎn fú jiè mǎn zhāo sǔn qiān shòu yì shì nǎi tiān dào

惟德动天，无远弗届。满招损，谦受益，时乃天道。

《尚书·大禹谟》

注释

届	达到。
时	通“是”，这。

赏读

大禹的时候，南方有个叫三苗的少数民族叛乱，大禹去讨伐，这是伯益劝诫大禹的话：道德可以感动上天，再远的地方的人，也会慕德而来。所以只要退兵修德，三苗就可以降服。大禹听从了伯益的话，三苗果然前来朝拜。

wèi bù qī jiāo lù bù qī chǐ gōng jiǎn wéi dé wú zǎi ěr wěi zuò dé xīn yì rì xiū zuò wěi xīn láo rì zhuō

位不期骄，禄不期侈。恭俭惟德，无载尔伪。作德心逸日休，作伪心劳日拙。

《尚书·周官》

注释

期	约，这里指联系在一起。
载	行。
休	美好。
拙	拙劣。

赏读

地位与骄傲不相约，俸禄与奢侈无缘。恭俭持德，不要奉行伪诈。行德则内心安逸，一天比一天美好，行诈则内心劳苦，一天比一天拙劣。

yuán zhě shàn zhī zhǎng yě hēng zhě
元者，善之长也。亨者，
jiā zhī huì yě lì zhě yì zhī hé yě
嘉之会也。利者，义之和也。
zhēn zhě shì zhī gàn yě jūn zǐ tǐ rén zú
贞者，事之干也。君子体仁足
yǐ zhǎng rén jiā huì zú yǐ hé lǐ lì wù
以长仁，嘉会足以合礼，利物
zú yǐ hé yì zhēn gù zú yǐ gàn shì
足以合义，贞固足以干事。
jūn zǐ xíng cǐ sì dé zhě gù yuē yuán
君子行此四德者，故曰：元、
hēng lì zhēn
亨、利、贞。

《周易·文言》

注释

长	最大。
嘉	美好。
会	会聚。
和	谐和。
干	主干，保证。

体	体察。
嘉会	嘉美会聚。
利物	使万物得利。
干事	成事。

赏读

乾卦开头就说：“乾，元、亨、利、贞。”这一段文字，就是对元、亨、利、贞的解释。君子行善积美，利人成事，这是四种美德，也是《周易》占卜时所用的术语。

zǐ yuē gāng yì
子曰："刚、毅、
mù nè jìn rén
木、讷，近仁。"

《论语·子路》

注释

刚	刚强。
毅	果敢。
木	质朴。
讷	言语迟钝。

赏读

刚者无欲，毅者果敢，木者质朴，讷者慎言，这些品质都接近于仁了。

zǐ wēn ér lì wēi
子温而厉，威
ér bù měng gōng ér ān
而不猛，恭而安。

《论语·述而》

注释

温	温和。
厉	严厉。温和之中透着严厉。
威	有威仪。
猛	凶猛，有凌人之色。威仪过多则有凌人之色。
恭	谦恭。
安	安详。谦恭过度则有卑怯之色，而孔子谦恭而安详。

赏读

此章所说是孔子的仪表。今人说相由心生，虽然是在说孔子的仪表，也同样可以看作是在说他的品德。

zǐ zhāng yuē zhí dé bù hóng xìn dào bù dǔ yān néng wéi yǒu yān néng wéi wú

子张曰：“执德不弘，信道不笃，焉能为有？焉能为亡？”

《论语·子张》

注释

执德	怀抱道德。
笃	坚实。
焉能二句	表示（这样的人）可有可无。

赏读

曾子说：“士不可以不弘毅，任重而道远。仁以为己任，不亦重乎？死而后已，不亦远乎？”可以与这一章合起来看。

zǐ yuē jūn zǐ dào zhě sān wǒ wú néng yān rén zhě bù yōu zhì zhě bú huò yǒng zhě bú jù zǐ gòng yuē fū zǐ zì dào yě

子曰：“君子道者三，我无能焉：仁者不忧，知者不惑，勇者不惧。”子贡曰：“夫子自道也。”

《论语·宪问》

注释

惑	迷惑。不惑不是说没有任何疑惑，而是说找到了生活的方向，不再为生活感到困惑。

赏读

孔子经常用“何有于我哉”来表示他的自我评价，这里却用了很谦虚的方式来说自己。但是子贡深知孔子，听出了孔子的弦外之音，知道孔子是在评价自己。“夫子自道”已经成了一个成语。

zǐ yuē fù yǔ guì shì rén zhī suǒ
子曰：“富与贵，是人之所
yù yě bù yǐ qí dào dé zhī bù chǔ yě
欲也，不以其道得之，不处也；
pín yǔ jiàn shì rén zhī suǒ wù yě bù yǐ qí
贫与贱，是人之所恶也，不以其
dào dé zhī bú qù yě jūn zǐ qù rén wū
道得之，不去也。君子去仁，恶
hū chéng míng jūn zǐ wú zhōng shí zhī jiān wéi rén
乎成名？君子无终食之间违仁，
zào cì bì yú shì diān pèi bì yú shì
造次必于是，颠沛必于是。”

《论语·里仁》

注释

是人之所欲	一般认为，《论语》的时代判断动词“是”还没有产生，所以这里的“是”是代词，指代“富与贵”。
去仁	离开仁。
恶乎	如何，怎么。
终食	一顿饭的功夫。
违仁	离开仁。违，离开。
造次	仓猝。
颠沛	倒下。

赏读

“不以其道得之，不处也”，孔子是这么说的，也是这么做的。《说苑·立节》：“孔子见齐景公，景公致廪丘以为养，孔子辞不受。出谓弟子曰：‘吾闻君子当功以受禄。今说景公，景公未之行，而赐我廪丘，其不知丘亦甚矣。’遂辞而行。”孔子特别强调，在日常生活的每时每刻都不能忘记仁。《中庸》说：“道也者，不可须臾离也，可离非道也。”

èr shí sì nián chūn, mù shū rú jìn. fàn

二十四年春，穆叔如晋。范

xuān zǐ nì zhī, wèn yān, yuē: "gǔ rén yǒu yán

宣子逆之，问焉，曰："古人有言

yuē 'sǐ ér bù xiǔ', hé wèi yě?" mù shū

曰'死而不朽'，何谓也？"穆叔

wèi duì. xuān zǐ yuē: "xī gài zhī zǔ, zì

未对。宣子曰："昔匄之祖，自

yú yǐ shàng, wéi táo táng shì, zài xià wéi yù lóng

虞以上，为陶唐氏，在夏为御龙

shì, zài shāng wéi shǐ wéi shì, zài zhōu wéi táng dù

氏，在商为豕韦氏，在周为唐杜

shì, jìn zhǔ xià méng wéi fàn shì, qí shì zhī wèi

氏，晋主夏盟为范氏，其是之谓

hū?" mù shū yuē: "yǐ bào suǒ wén, cǐ zhī

乎？"穆叔曰："以豹所闻，此之

wèi shì lù, fēi bù xiǔ yě. lǔ yǒu xiān dà fū

谓世禄，非不朽也。鲁有先大夫

yuē zāng wén zhòng, jì mò, qí yán lì, qí shì

曰臧文仲，既没，其言立，其是

zhī wèi hū! bào wén zhī, tài shàng yǒu lì dé,

之谓乎！豹闻之，大上有立德，

qí cì yǒu lì gōng, qí cì yǒu lì yán, suī jiǔ

其次有立功，其次有立言，虽久

bú fèi, cǐ zhī wèi bù xiǔ. ruò fú bǎo xìng shòu

不废，此之谓不朽。若夫保姓受

shì yǐ shǒu zōng bēng shì bù jué sì wú guó
氏，以守宗祊，世不绝祀，无国

wú zhī lù zhī dà zhě bù kě wèi bù xiǔ
无之，禄之大者，不可谓不朽。”

《左传·襄公二十四年》

注释

穆叔	鲁国大夫叔孙豹。
范宣子	晋国大夫士匄。
逆	迎接。
朽	腐烂。
虞	虞舜时代。
陶唐氏、御龙氏、豕韦氏、唐杜氏	都是范氏祖先的氏族的名字。
世禄	世袭的爵禄。
先	先代。
没	通“殁”，死。
大	通“太”，最。
保姓受氏	保存自己的家族。姓、氏，都是代表家族。
宗祊	宗庙。祊，古代宗庙门内旁边设祭的地方。

赏读

范氏从尧舜时代就已经有爵禄了，经历夏商周，直到当时晋国，世代都是显赫的家族，范宣子自以为这可以称不朽了。但是叔孙豹认为，范氏可以算是“禄之大者”，却谈不上什么不朽。真正的不朽，是立德、立功、立言，无关爵禄。

xìn xìn，xìn yě；yí yí，yì xìn yě。

信信，信也；疑疑，亦信也。

guì xián，rén yě；jiàn bú xiào，yì rén yě。yán ér dàng，zhì yě；mò ér dàng，yì zhì yě，gù zhī mò yóu zhī yán yě。

贵贤，仁也；贱不肖，亦仁也。言而当，知也；默而当，亦知也，故知默犹知言也。

《荀子·非十二子》

注释

信信	相信可信的。
疑疑	怀疑可疑的。
不肖	品行不良。
当	得当。
默	沉默。

赏读

相信可信的，是诚信；怀疑可疑的，也是诚信。尊重贤明的人，是仁爱；鄙视德行不良的人，也是仁爱。说话而得当，是智慧；沉默而得当，也是智慧。所以，懂得沉默跟懂得说话是相似的。《论语》："子贡问曰：'乡人皆好之，何如？'子曰：'未可也。''乡人皆恶之，何如？'子曰：'未可也。不如乡人之善者好之，其不善者恶之。'"与此殊途同归。

rén mò guì hū shēng，mò lè hū ān。suǒ yǐ yǎng shēng ān lè zhě，mò dà hū lǐ yì。rén

人莫贵乎生，莫乐乎安。所以养生安乐者，莫大乎礼义。人

zhī guì shēng lè ān ér qì lǐ yì, pì zhī, shì

知贵生乐安而弃礼义，辟之，是

yóu yù shòu ér wěn jǐng yě, yú mò dà yān。

犹欲寿而刎颈也，愚莫大焉。

《荀子·强国》

注释

安乐	保持快乐。
辟	通“譬”，譬如。
刎	割。

赏读

人没有比生命更珍贵的，没有比安定更快乐的。用来养护生命、保持安乐的，没有比礼义更重要的了。人们知道珍视生命、喜好安定却抛弃礼义，就好比是想长寿却拿刀抹脖子，没有比这更愚蠢的了。

cāo xíng yǒu cháng xián, shì huàn wú cháng yù。xián

操行有常贤，仕宦无常遇。贤

bù xián, cái yě; yù bú yù, shí yě。

不贤，才也；遇不遇，时也。

《论衡·逢遇》

注释

常	固定不变的。
遇	机遇。
时	时运。

赏读

这是讲机遇的重要。一个人的品德可以保持优秀，但是做官却并不总是有机遇的。优秀不优秀，这是人的才性，这一点取决于自己，可以通过自己的努力获得；有没有机遇，这是时运，这一点往往是自己难以掌控的。所以人往往有很多无奈，就连孔子也经常感叹命运不济。

守善

用崇高的道德标准严格要求自己，这是古人修身的一个重要原则。从孔子的“内省不疚”到孟子的“反求诸己”，都强调要从自身做起。这是值得我们认真思考的。

sī mǎ niú wèn jūn zǐ zǐ yuē jūn zǐ bù yōu bú jù yuē bù yōu bú jù sī wèi zhī jūn zǐ yǐ hū zǐ yuē nèi xǐng bú jiù fú hé yōu hé jù

司马牛问君子。子曰：“君子不忧不惧。”曰：“不忧不惧，斯谓之君子已乎？”子曰：“内省不疚，夫何忧何惧？”

《论语·颜渊》

注释

内省　反省内心。

疚　因做错事而心有罪恶感。

赏读

司马牛有个哥哥，叫做桓魋，是宋国的大夫。但是桓魋不学好，所以司马牛很担心，于是离开宋国，来跟孔子学。后来桓魋果然作乱。孔子经常因材施教，针对不同的人，说不同的话，他对司马牛的回答也是有针对性的。

zǐ yuē jūn zǐ yù nè yú yán ér mǐn yú xíng

子曰：“君子欲讷于言而敏于行。”

《论语·里仁》

注释

讷　拙于言辞。

敏　敏捷利索。

赏读

孔子对于言，其实是很重视的，一个人讷于言，恐怕不是孔子所欣赏的；讷于言主要还是跟敏于行相对而言，强调的是言辞不要比行为还要快，所谓“先行其言，而后从之”。

孔子曰："君子有三戒：少之时，血气未定，戒之在色；及其壮也，血气方刚，戒之在斗；及其老也，血气既衰，戒之在得。"

《论语·季氏》

注释

定　养成。

刚　强盛。

赏读

这三戒，是人生的三个阶段，也是从不同的角度来说的。年少时身体尚未发育完全，气血不稳定，近女色容易伤害身体，这是从生理上说的。壮年气血既盛，容易愤怒，路见不平，拔刀相助，气锐好斗，容易丧身，所以戒斗，这是从性格上说的。老年垂暮之人，眼看人生即将过去，容易贪婪，但血气已衰，无福消受，所以戒得，这是从品德上说的。

子张问于孔子曰："何如斯可以从政矣？"子曰："尊五美，屏四恶，斯可以从政矣。"子张曰："何谓五美？"子曰："君子

huì ér bú fèi láo ér bú yuàn yù ér bù tān
惠而不费，劳而不怨，欲而不贪，

tài ér bù jiāo wēi ér bù měng zǐ zhāng yuē
泰而不骄，威而不猛。”子张曰：

hé wèi huì ér bú fèi zǐ yuē yīn mín
“何谓惠而不费？”子曰：“因民

zhī suǒ lì ér lì zhī sī bú yì huì ér bú fèi
之所利而利之，斯不亦惠而不费

hū zé kě láo ér láo zhī yòu shuí yuàn yù rén
乎？择可劳而劳之，又谁怨？欲仁

ér dé rén yòu yān tān jūn zǐ wú zhòng guǎ
而得仁，又焉贪？君子无众寡，

wú xiǎo dà wú gǎn màn sī bú yì tài ér bù jiāo
无小大，无敢慢，斯不亦泰而不骄

hū jūn zǐ zhèng qí yī guān zūn qí zhān shì yǎn
乎？君子正其衣冠，尊其瞻视，俨

rán rén wàng ér wèi zhī sī bú yì wēi ér bù měng
然人望而畏之，斯不亦威而不猛

hū zǐ zhāng yuē hé wèi sì è zǐ
乎？”子张曰：“何谓四恶？”子

yuē bú jiào ér shā wèi zhī nüè bú jiè shì chéng
曰：“不教而杀谓之虐；不戒视成

wèi zhī bào màn lìng zhì qī wèi zhī zéi yóu zhī yǔ
谓之暴；慢令致期谓之贼；犹之与

rén yě chū nà zhī lìn wèi zhī yǒu sī
人也，出纳之吝，谓之有司。”

《论语·尧曰》

注释

尊	推崇。
屏	摒弃，摒除。
惠而不费	给人民好处，却不费财物。这是因为君子是通过行政的手段，为老百姓谋利，得到生活的来源，而不是靠施舍财物。
劳而不怨	役使百姓却不被怨恨。
欲而不贪	希望得到却不贪婪。
泰而不骄	庄重矜持，而不傲人。
威	有威仪。
猛	凶猛，有凌人之色。威仪过多则有凌人之色。
无众寡，无小大，无敢慢	无论人多人少，无论权力小大，都不怠慢他们。
尊其瞻视	目光端正。
俨然	有威严的样子。
不教而杀	不先教以礼义刑法，民犯法而杀之。
戒	告诫。
视成	要求马上见到成绩。
暴	暴虐。
慢令致期	政令懈怠，而突然限期。
犹之	好比。
与人	给人财物。
出纳之吝谓之有司	出手吝啬，叫作有司。有司是小官吏，比喻吝啬苛刻。

赏读

孔子的学生经常向孔子请教如何从政，孔子对他们的回答千变万化，但是有一个核心，就是从自身的道德修养开始，在位者以身作则，通过礼乐教化百姓。

mèng zǐ yuē　ài rén bù qīn　fǎn qí rén　zhì rén bú zhì　fǎn qí zhì　lǐ rén bù dá　fǎn qí jìng　xíng yǒu bù dé zhě jiē fǎn qiú zhū jǐ　qí shēn zhèng ér tiān xià guī zhī

孟子曰："爱人不亲，反其仁；治人不治，反其智；礼人不答，反其敬。行有不得者皆反求诸己，其身正而天下归之。"

《孟子·离娄上》

注释

不亲	指别人不亲近我。
反其仁	反省自己"仁"的方面。
不治	治理不好。
不得	得不到预期的效果。
反求诸己	返回来检查要求自己，即从自身找原因。
归	归附，归向。

赏读

爱别人，却得不到别人的亲爱，就得反省自己的仁爱是不是有问题；治理别人却治理不好，就得反省自己的智慧是不是有问题；对别人有礼貌，却得不到别人相应的应答，就得反省自己的敬意是不是不够。行为达不到预期的效果，都回过头来反省自己，自己端正了，天下的人都会归附他。

mèng zǐ yuē yú wǒ suǒ yù yě xióng
孟子曰：“鱼我所欲也，熊

zhǎng yì wǒ suǒ yù yě èr zhě bù kě dé jiān
掌亦我所欲也，二者不可得兼，

shě yú ér qǔ xióng zhǎng zhě yě shēng yì wǒ suǒ yù
舍鱼而取熊掌者也。生亦我所欲

yě yì yì wǒ suǒ yù yě èr zhě bù kě dé
也，义亦我所欲也，二者不可得

jiān shě shēng ér qǔ yì zhě yě shēng yì wǒ suǒ
兼，舍生而取义者也。生亦我所

yù suǒ yù yǒu shèn yú shēng zhě gù bù wéi gǒu
欲，所欲有甚于生者，故不为苟

dé yě sǐ yì wǒ suǒ wù suǒ wù yǒu shèn yú
得也；死亦我所恶，所恶有甚于

sǐ zhě gù huàn yǒu suǒ bú bì yě rú shǐ rén
死者，故患有所不辟也。如使人

zhī suǒ yù mò shèn yú shēng zé fán kě yǐ dé shēng
之所欲莫甚于生，则凡可以得生

zhě hé bú yòng yě shǐ rén zhī suǒ wù mò shèn
者，何不用也？使人之所恶莫甚

yú sǐ zhě zé fán kě yǐ bì huàn zhě hé bù
于死者，则凡可以辟患者，何不

wéi yě yóu shì zé shēng ér yǒu bú yòng yě yóu
为也？由是则生而有不用也，由

shì zé kě yǐ bì huàn ér yǒu bù wéi yě shì gù
是则可以辟患而有不为也，是故

suǒ yù yǒu shèn yú shēng zhě，suǒ wù yǒu shèn yú sǐ zhě。fēi dú xián zhě yǒu shì xīn yě，rén jiē yǒu zhī，xián zhě néng wù sàng ěr。

所欲有甚于生者，所恶有甚于死者。非独贤者有是心也，人皆有之，贤者能勿丧耳。

《孟子·告子上》

注释

得兼	兼得，同时拥有。
苟	苟且。
辟	通“避”，躲避。
由是则生而有不用也	由此而行可以得生，却有不这么去做的。
所欲有甚于生者	想得到的东西比生命更重要。
非独	不只。
是心	这样的想法。
丧	失去。

赏读

这段话特别有现代意义。我们现在特别强调以人为本，重视个人的生命，这一点本来非常正确，但是如果把人的生命放到至高无上的地位，是很容易出问题的。孟子说得好：“如使人之所欲莫甚于生，则凡可以得生者，何不用也？”一个人如果把自己的生命看得比什么都重要，那么，当生命受到威胁时，就会无所不用其极。孟子说：“生亦我所欲也，义亦我所欲也，二者不可得兼，舍生而取义者也。”这是振聋发聩、大义凛然的人格宣言，这样的境界，配得上他自己说的：“我善养吾浩然之气。”

圣人择可言而后言，择可行而后行，偷得利而后有害，偷得乐而后有忧者，圣人不为也。故圣人择言必顾其累，择行必顾其忧，故曰：“顾忧者可与致道。”

《管子·形势解》

注释

偷	苟且。
顾	顾及，考虑到。
累	拖累，负担。

赏读

小人只看到眼前利益，计划都是速成的，而忧患就在眼前，来得快，失去得也快。圣人的言行，考虑到的是后果，遵循正义而行，所以无往而不利。

mèng zǐ yuē jūn zǐ yǒu sān lè
孟子曰："君子有三乐，

ér wàng tiān xià bù yǔ cún yān fù mǔ jù
而王天下不与存焉。父母俱

cún xiōng dì wú gù yī lè yě yǎng bú kuì
存，兄弟无故，一乐也；仰不愧

yú tiān fǔ bú zuò yú rén èr lè yě
于天，俯不怍于人，二乐也；

dé tiān xià yīng cái ér jiào yù zhī sān lè
得天下英才而教育之，三乐

yě jūn zǐ yǒu sān lè ér wàng tiān xià bù
也。君子有三乐，而王天下不

yǔ cún yān
与存焉。"

《孟子·尽心上》

注释

王	称王，成为王。
不与存焉	不与之同在其中，不在其中之列。
无故	平安无事。
怍	惭愧。

赏读

"父母俱存，兄弟无故"，这是亲亲之仁；"仰不愧于天，俯不怍于人"，这是义；"得天下英才而教育之"，这是推广仁义。此三乐，并不只是个人的快乐，也是与天下人同乐。

fú rén bì zì wǔ, rán hòu rén wǔ zhī; jiā bì zì huǐ, ér hòu rén huǐ zhī; guó bì zì fá, ér hòu rén fá zhī. tài jiǎ yuē: tiān zuò niè, yóu kě wéi; zì zuò niè, bù kě huó. cǐ zhī wèi yě.

夫人必自侮，然后人侮之；家必自毁，而后人毁之；国必自伐，而后人伐之。《太甲》曰："天作孽，犹可违；自作孽，不可活。"此之谓也。

《孟子·离娄上》

注释

夫	发语词，引起下文。
伐	攻打，讨伐。
太甲	《尚书》篇名。
天作孽	老天降灾。孽，灾难、祸患。
违	躲过，逃避。

赏读

一个人必定先有自取其辱的行为，然后别人才会侮辱他；一个家庭必定先自己败坏，然后别人才来毁掉它；一个国家必定是自己先攻打自己，然后别人才来攻击它。上天降下的灾难，还可以避而生存；自己造的罪孽，就没法逃脱惩罚了。

shàn bù jī, bù zú yǐ chéng míng; è bù jī, bù zú yǐ miè shēn. xiǎo rén yǐ xiǎo shàn wéi wú yì ér fú wéi yě, yǐ xiǎo è wéi wú shāng ér fú qù yě, gù è jī ér bù kě yǎn, zuì dà ér bù kě jiě.

善不积，不足以成名；恶不积，不足以灭身。小人以小善为无益而弗为也，以小恶为无伤而弗去也，故恶积而不可掩，罪大而不可解。

《周易·系辞下》

注释

掩	掩盖。
解	解脱。

赏读

“勿以善小而不为，勿以恶小而为之。”人的习性，就是在一点一滴中不知不觉地养成的。亡国破家，都有所从来。

jūn zǐ néng wéi kě guì ér bù néng shǐ
君子能为可贵，而不能使
rén bì guì jǐ néng wéi kě xìn ér bù néng shǐ
人必贵己；能为可信，而不能使
rén bì xìn jǐ néng wéi kě yòng ér bù néng shǐ
人必信己；能为可用，而不能使
rén bì yòng jǐ gù jūn zǐ chǐ bù xiū bù chǐ
人必用己。故君子耻不修，不耻
jiàn wū chǐ bú xìn bù chǐ bú jiàn xìn chǐ
见污；耻不信，不耻不见信；耻
bù néng bù chǐ bú jiàn yòng
不能，不耻不见用。

《荀子·非十二子》

注释

能为可贵	能成为可贵，即能具有可贵的品质。
贵己	认为自己可贵。
修	美好。
见	表被动。

赏读

君子能够做到的，只是不断完善自己，但没有办法一定让别人承认自己。所以，应该为自己做不到感到羞耻，而不会因为别人不了解自己而改变自己的志向。只要自己率道而行，不被外物所累，就是至诚君子。

jūn zǐ chóng rén zhī dé, yáng rén zhī měi,
君子崇人之德，扬人之美，
fēi chǎn yú yě; zhèng yì zhí zhǐ, jǔ rén zhī guò,
非谄谀也；正义直指，举人之过，
fēi huǐ cī yě; yán jǐ zhī guāng měi, nǐ yú shùn
非毁疵也；言己之光美，拟于舜
yǔ, cān yú tiān dì, fēi kuā dàn yě; yǔ shí qū
禹，参于天地，非夸诞也；与时屈
shēn, róu cóng ruò pú wěi, fēi shè qiè yě; gāng qiáng
伸，柔从若蒲苇，非慑怯也；刚强
měng yì, mǐ suǒ bù shēn, fēi jiāo bào yě。yǐ yì
猛毅，靡所不信，非骄暴也。以义
biàn yìng, zhī dāng qū zhí gù yě。
变应，知当曲直故也。

《荀子·不苟》

注释

崇	推崇。
正义直指	义，通“议”，议论。正直地发言，直率地评论。
毁	诋毁。
疵	挑剔，非议。
拟	比，相当。
参	并立，并存。
夸诞	虚夸。
柔从	柔和顺从。
蒲苇	蒲草和芦苇。
慑怯	害怕。
靡所不信	没有不直道而行的。
信	通“伸”。
暴	暴躁。
以义变应	根据道义变化应对。

赏读

“言己之光美，拟于舜禹，参于天地，非夸诞也”，这一点说起来容易，在实际生活中，是很难被人接受的。中国社会强调谦虚，真有这样自信的人，如果表现出来，只能被唾弃。荀子能够说出这样的话，大概是心底无私天地宽，觉得心中无愧，怎么做都是好的。我们今天评价一个人的时候，也许可以多想一想荀子的这句话。

jiàn qí kě yù yě, zé bì qián hòu lǜ

见其可欲也，则必前后虑

qí kě wù yě zhě; jiàn qí kě lì yě, zé bì

其可恶也者；见其可利也，则必

qián hòu lǜ qí kě hài yě zhě。 ér jiān quán zhī,

前后虑其可害也者。而兼权之，

shú jì zhī, rán hòu dìng qí yù wù qǔ shě, rú

孰计之，然后定其欲恶取舍，如

shì zé cháng bù shī xiàn yǐ。 fán rén zhī huàn, piān

是则常不失陷矣。凡人之患，偏

shāng zhī yě。 jiàn qí kě yù yě, zé bú lǜ qí

伤之也。见其可欲也，则不虑其

kě wù yě zhě; jiàn qí kě lì yě, zé bú gù

可恶也者；见其可利也，则不顾

qí kě hài yě zhě。 shì yǐ dòng zé bì xiàn, wéi

其可害也者。是以动则必陷，为

zé bì rǔ, shì piān shāng zhī huàn yě。

则必辱，是偏伤之患也。

《荀子·不苟》

注释

兼	两方面，指好与恶、利与害。	失陷	犯错误。
权	权衡。	凡	大凡。
孰	通“熟”，仔细。	偏	只见到一面。
计	考虑。	是	这。

赏读

看问题要看到利弊两面，善作权衡。一般人常为片面的认识所伤，一行动就有过失，一做事就招致耻辱，这就是“偏伤之患”。

财贿不多，衣食不赡，声色不妙，威势不行，非君子之忧也；行善不多，申道不明，节志不立，德义不彰，君子耻焉。

《潜夫论·遏利》

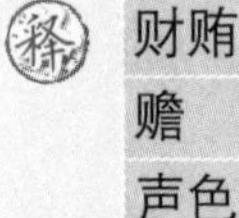

注释	
财贿	财产。
赡	足够。
声色	声音女色。
妙	曼妙美好。
不行	行不通。
申	申张。
节志	节操志向。

赏读

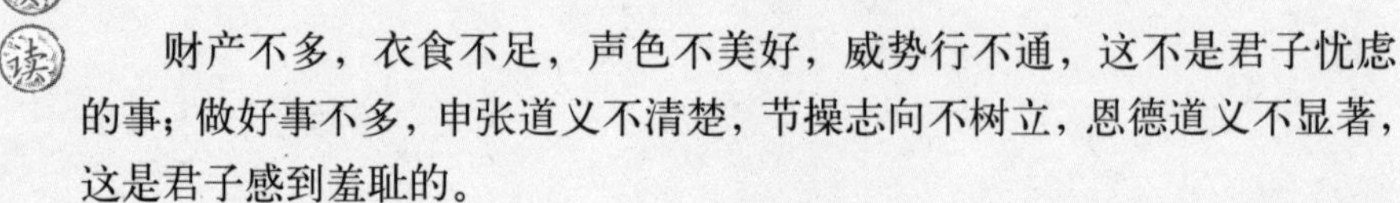

财产不多，衣食不足，声色不美好，威势行不通，这不是君子忧虑的事；做好事不多，申张道义不清楚，节操志向不树立，恩德道义不显著，这是君子感到羞耻的。

谦抑

谦虚礼让是中华民族的美德。“谦者，屈躬下物，先人后己，以此待物，则所在皆通。”从个人来说，它体现了一个人的道德修养；从社会的角度来说，它是一种良好的处世原则。“天何言哉？四时行焉，百物生焉，天何言哉？”谦抑体现的是博大的胸怀和高尚的人格。

qiān hēng tiān dào xià jì ér guāng míng dì
谦，亨。天道下济而光明，地
dào bēi ér shàng xíng tiān dào kuī yíng ér yì qiān
道卑而上行。天道亏盈而益谦，
dì dào biàn yíng ér liú qiān guǐ shén hài yíng ér fú
地道变盈而流谦，鬼神害盈而福
qiān ér dào wù yíng ér hào qiān
谦，人道恶盈而好谦。

《周易·谦卦》

注释

亨	亨通。	盈	满。
济	助成。	益	补助。
亏	损。	变盈而流谦	改变盈满，流布谦虚。

赏读

天地之道，谦卑而已。谦，尊而光，卑而不可逾。老子说：“天之道，其犹张弓与？高者抑之，下者举之；有馀者损之，不足者补之。天之道，损有余而补不足。”

zǐ yuē yú yù wú yán zǐ gòng
子曰：“予欲无言。”子贡
yuē zǐ rú bù yán zé xiǎo zǐ hé shù yān
曰：“子如不言，则小子何述焉？”
zǐ yuē tiān hé yán zāi sì shí xíng yān bǎi
子曰：“天何言哉？四时行焉，百
wù shēng yān tiān hé yán zāi
物生焉，天何言哉？”

《论语·阳货》

注释

小子　年轻人，这里是子贡谦称。　述　遵循。

赏读

孔子敬畏天命，主张“则天”。《泰伯》篇：“子曰：‘大哉，尧之为君也！巍巍乎，唯天为大，唯尧则之。荡荡乎，民无能名焉。巍巍乎，其有成功也！焕乎，其有文章！’”天无言，而万事万物各遵其序。孔子由此有无言的思想，进而有无为的思想。《礼记·哀公问》：“无为而物成，是天道也；已成而明，是天道也。”孔子的这种无言和无为的思想，可能是受了老子的影响。相传他曾经去周，向老子请教。

tiān xià jiē zhī měi zhī wéi měi, sī è yǐ;
天下皆知美之为美，斯恶已；
jiē zhī shàn zhī wéi shàn, sī bú shàn yǐ. gù yǒu wú
皆知善之为善，斯不善已。故有无
xiāng shēng, nán yì xiāng chéng, cháng duǎn xiāng xíng, gāo xià
相生，难易相成，长短相形，高下
xiāng qīng, yīn shēng xiāng hè, qián hòu xiāng suí. shì yǐ
相倾，音声相和，前后相随。是以
shèng rén chǔ wú wéi zhī shì, xíng bù yán zhī jiào, wàn
圣人处无为之事，行不言之教，万
wù zuò yān ér bù cí. shēng ér bù yǒu, wéi ér bú
物作焉而不辞。生而不有，为而不
shì, gōng chéng ér fú jū. fú wéi fú jū, shì yǐ
恃，功成而弗居。夫唯弗居，是以
bú qù.
不去。

《老子》第二章

注释

斯	就。
恶	丑。
形	表现。
倾	依靠。
处	行。
作	兴起。
辞	言说，指夸耀自己。
有	据为己有。
为而不恃	有所作为，但不自恃。
居	居功。
夫唯二句	因为不居功，所以功也不会离开他，指人们还是把功归给他。

赏读

《老子》看到万物都有对立的两面，对立的双方又互相依赖。所以，提倡好的一方，必然离不开坏的一方。天下都知道美，也就会知道丑；都知道善，也就知道不善。所以最好就是把好和坏都忘记，把善和不善都忘记。无为、不言才是消除美丑善恶这些差别的惟一途径。

shàn wéi shì zhě bù wǔ, shàn zhàn zhě bú nù, shàn shèng dí zhě bù yǔ, shàn yòng rén zhě wéi zhī xià, shì wèi bù zhēng zhī dé, shì wèi yòng rén zhī lì, shì wèi pèi tiān zhī jí.

善为士者不武，善战者不怒，善胜敌者不与，善用人者为之下，是谓不争之德，是谓用人之力，是谓配天之极。

《老子》六十八章

注释

武	动武。
不与	不与相争。
力	得力的方法。
极	法。

赏读

《老子》的哲学，是处弱：“夫唯不争，故天下莫能与之争。”

jūn zǐ yǒu zhǔ shàn zhī xīn, ér wú shèng
君子有主善之心，而无胜
rén zhī sè; dé zú yǐ jūn tiān xià, ér wú jiāo
人之色；德足以君天下，而无骄
sì zhī róng; xíng zú yǐ jí hòu shì, ér bù yǐ
肆之容；行足以及后世，而不以
yì yán fēi rén zhī bú shàn。gù yuē: jūn zǐ shèng
一言非人之不善。故曰：君子盛
dé ér bēi, xū jǐ yǐ shòu rén, páng xíng bù
德而卑，虚己以受人，旁行不
liú, yìng wù ér bù qióng。suī zài xià wèi, mín
流，应物而不穷。虽在下位，民
yuàn dài zhī; suī yù wú zūn, dé hū zāi?
愿戴之；虽欲无尊，得乎哉？

《韩诗外传》卷二

注释

君天下	做天下的王。
肆	放纵。
及	流传。
不以一言非人之不善	不说一句非毁别人不善的话。
旁行	到处行得通。行，品行。
流	与世俗同流。
应物	应对外物。
戴	拥戴。

赏读

君子以善道立身，谦卑自守，宽容对人。更为难能的是，君子无往不通，却又不与世俗同流合污，保持自己的德行；接待外物，有无穷的应对之方。这样的人，就算是做天下的王，也绰绰有余。

孙叔敖遇狐丘丈人。狐丘丈人曰："仆闻之，有三利必有三患，子知之乎？"孙叔敖蹙然易容曰："小子不敏，何足以知之。敢问何谓三利？何谓三患？"狐丘丈人曰："夫爵高者，人妬之；官大者，主恶之；禄厚者，怨归之；此之谓也。"孙叔敖曰："不然。吾爵益高，吾志益下；吾官益大，吾心益小；吾禄益厚，吾施益博。可以免于患乎？"狐丘丈人曰："善哉言乎！尧舜其犹病诸。"

《韩诗外传》卷七

注释

孙叔敖	楚庄王时候著名的贤相。
仆	自称的谦词。
蹙然	惊惧的样子。
易容	变色。
妬	古“妒”字，妒嫉。
小	细心。
施	施舍。
博	广泛。
病	做不到。

赏读

荀子说：“见其可欲也，则必前后虑其可恶也者；见其可利也，则必前后虑其可害也者。而兼权之，孰计之，然后定其欲恶取舍，如是则常不失陷矣。”狐丘丈人也是看到了事情的正反两面，以告孙叔敖。孙叔敖的应对之策，表现了他非同一般的智慧，也可以让我们理解当时贤人的处世之道。

rén qíng mò bú yù chǔ qián, gù wù
人情莫不欲处前，故恶
rén zhī zì fá. zì fá, jiē yù shèng zhī lèi
人之自伐。自伐，皆欲胜之类
yě. shì gù zì fá qí shàn, zé mò bú
也。是故自伐其善，则莫不
wù yě.
恶也。

《人物志·八观》

人情	人的心理。	自伐	自我夸耀。

这段话非常符合我们传统的心理。孔子也说过："如有周公之才之美，使骄且吝，其余不足观也已。"人之常情，没有不想居于他人之前的，所以厌恶别人自我夸耀。自我夸耀，都是想要胜过别人的一类，所以吹嘘自己优点的，没有人不讨厌。不过，我倒是觉得，如果别人真的是有好处，有优点，自夸一下，有何不可？还是人们心胸不广，才使得有优点都不敢说。还是荀子说得好："君子崇人之德，扬人之美，非谄谀也；正义直指，举人之过，非毁疵也；言己之光美，拟于舜禹，参于天地，非夸诞也；与时屈伸，柔从若蒲苇，非慑怯也；刚强猛毅，靡所不信，非骄暴也。以义变应，知当曲直故也。"

正身守信

“以身作则”是我们常说的一句话，它包含两层意思。一是自身加强修养，二是作出表率，教育帮助别人。“其身正，不令而行”，这种方式的教育和帮助其威力是巨大的。“一诺千金”历来为人们乐道，这反映了人们对诚信的称许和期盼。延陵季子信守“心诺”，为我们树立了榜样。设想，如果我们周围的人都像延陵季子那样，我们的生活就更美好了。

zǐ yuē qí shēn zhèng bú lìng ér
子曰：“其身正，不令而
xíng qí shēn bú zhèng suī lìng bù cóng
行；其身不正，虽令不从。”

《论语·子路》

注释

令	下教令。

赏读

孔子认为，治理国家，在上位者必须以身作则。他说：“政者，正也。”先正己，后正人，在上位者以身作则，上行下效，国家就太平了。

zǐ yuē gǒu zhèng qí shēn yǐ yú
子曰：“苟正其身矣，于
cóng zhèng hū hé yǒu bù néng zhèng qí shēn rú
从政乎何有？不能正其身，如
zhèng rén hé
正人何？”

《论语·子路》

注释

于从政乎何有	对于从政有什么困难呢？这是说从政不难。
如正人何	怎么能正人呢？
如……何	把……怎么样。

赏读

孔子认为，政，就是正人，就是教化老百姓，所以先正自己，然后才能服众。

zǐ yuē gǔ zhě yán zhī bù chū
子曰：“古者言之不出，
chǐ gōng zhī bú dài yě
耻躬之不逮也。”

《论语·里仁》

注释

躬	身。	逮	及。

赏读

古人不随便说话，是怕行为赶不上言语。《论语·宪问》说：“子曰：‘君子耻其言而过其行。’”与此同义。

jūn zǐ bù shī zú yú rén bù shī sè
君子不失足于人，不失色
yú rén bù shī kǒu yú rén shì gù jūn zǐ mào
于人，不失口于人，是故君子貌
zú wèi yě sè zú dàn yě yán zú xìn yě
足畏也，色足惮也，言足信也。

《礼记·表记》

注释

失足	举止不庄重。	失口	言语不慎重。
失色	仪表不庄重。		

赏读

君子时刻能够保持自己的尊严，因此容貌有威严，脸色有正气，言语有威信。

zhì rěn sī, rán hòu néng gōng; xíng

志忍私，然后能公；行

rěn qíng xìng, rán hòu néng xiū; zhì ér hào

忍情性，然后能修；知而好

wèn, rán hòu néng cái.

问，然后能才。

《荀子·儒效》

注释

志	心志。	修	美好。
忍	克制。		

赏读

心志克制了私欲，然后能够公正；行为克制了个人感情，然后能有德行；有智慧又好请教，然后能够有才干。

yán líng jì zǐ jiāng xī pìn jìn, dài bǎo

延陵季子将西聘晋，带宝

jiàn yǐ guò xú jūn. xú jūn guān jiàn, bù yán ér

剑以过徐君。徐君观剑，不言而

sè yù zhī. yán líng jì zǐ wèi yǒu shàng guó zhī

色欲之。延陵季子为有上国之

shǐ, wèi xiàn yě, rán qí xīn xǔ zhī yǐ. zhì

使，未献也，然其心许之矣。致

shǐ yú jìn, gù fǎn, zé xú jūn sǐ yú chǔ.

使于晋，故反，则徐君死于楚。

yú shì tuō jiàn zhì zhī sì jūn cóng zhě zhǐ zhī
于是脱剑致之嗣君。从者止之

yuē cǐ wú guó zhī bǎo fēi suǒ yǐ zèng yě
曰：“此吴国之宝，非所以赠也。”

yán líng jì zǐ yuē wú fēi zèng zhī yě xiān
延陵季子曰：“吾非赠之也。先

rì wú lái xú jūn guān wú jiàn bù yán ér qí
日吾来，徐君观吾剑，不言而其

sè yù zhī wú wèi yǒu shàng guó zhī shǐ wèi xiàn
色欲之。吾为有上国之使，未献

yě suī rán wú xīn xǔ zhī yǐ jīn sǐ ér bú
也。虽然，吾心许之矣。今死而不

jìn shì qī xīn yě ài jiàn wěi xīn lián zhě
进，是欺心也，爱剑伪心，廉者

bù wéi yě suì tuō jiàn zhì zhī sì jūn sì
不为也。”遂脱剑致之嗣君，嗣

jūn yuē xiān jūn wú mìng gū bù gǎn shòu jiàn
君曰：“先君无命，孤不敢受剑。”

yú shì jì zǐ yǐ jiàn dài xú jūn mù shù ér qù
于是季子以剑带徐君墓树而去。

xú rén jiā ér gē yuē yán líng jì zǐ xī bú
徐人嘉而歌曰：“延陵季子兮不

wàng gù tuō qiān jīn zhī jiàn xī dài qiū mù
忘故，脱千金之剑兮带丘墓。”

《新序·节士》

注释

延陵季子	即吴国的季札，是春秋时期著名的贤人。
西	往西。
聘	聘问，诸侯国之间的问候叫做聘。
过	路过拜访。
徐	春秋时期的一个诸侯国，在今安徽泗县一带。
不言而色欲之	嘴上不说，但是脸上已经表现出很想要的样子。
为有上国之使	因为有出使上国的使命。上国，春秋时称中原各诸侯国为上国，与吴楚诸国相对而言。
然其心许之矣	但是他心里已经同意把宝剑献给徐君了。
致使	交付使命，即出使完毕。
故反	特地回到徐国。
致之嗣君	交给继位的国君。
所以	用来……的。
进	进献。
伪心	使心虚伪。
廉者	正直的人。
带	挂。
去	离开。
嘉	赞美。
兮	语气词。
故	故人。

赏读

我们普通人守信用，守的是诺言，而延陵季子守的，却是心里面的一个承诺。徐君喜爱他的宝剑，他已经在心里同意把剑给徐君了，但是并没有许下诺言。他要完成自己的这个“心诺”，所以出使完毕后，特地回去拜访徐君，不幸人已死，他挂剑在树，用这种方式履行自己心中的诺言。

交友

在古人看来，朋友是人的一种重要的社会关系。“有朋自远方来，不亦说乎？”表达的就是朋友相见时的愉悦和对朋友之情的赞美。交友宜慎，这是古人的经验。“道不同，不相为谋”，看似冷若冰霜，但它揭示的是交友的基本条件。设想一下，两个志趣、性格、爱好都不同的人，能成为朋友吗？“同声相应，同气相求”，我们不是简单地“无友不如己者”，和不如自己的人交朋友的同时应该承担一份责任：提升他的水平。

zǐ yuē dào bù tóng bù xiāng wéi móu
子曰："道不同，不相为谋。"

《论语·卫灵公》

注释

谋	商量、沟通，这里指做事情。

赏读

孔子在这里讲的，并不是所有的不同的意见之间，不能互相商量，而是涉及某些根本性的观念，尤其是涉及人生追求的根本目标的不同。人在世上，行为的标准其实并没有绝对正确，或者绝对错误。如何选择，都是基于其对人生的根本态度。有些态度之间是截然不同的，根本就没有对话的基础。在这种情况下，只能是各自做各自的事情，没有办法互相交流。正因为这样，所以"人所不欲，勿施于人"。

zǐ yuē jūn zǐ bú zhòng zé bù wēi xué zé bú gù zhǔ zhōng xìn wú yǒu bù rú jǐ zhě guò zé wù dàn gǎi
子曰："君子不重则不威。学则不固。主忠信。无友不如己者。过则勿惮改。"

《论语·学而》

注释

重	庄重，包括内心的庄敬和外表的庄重两方面。
威	指有威仪，令人敬畏。
固	固陋。在学习上不能固陋，要善于吸收别人的长处。
主	主守。
无	不要。
惮	害怕。

赏读

"君子不重则不威，学则不固"，朱熹等学者认为是一句话，言君子若不重则不但无威仪，其所学亦不坚固。这种解释亦通。

jūn zǐ zhī jiāo dàn ruò shuǐ, xiǎo rén zhī jiāo gān ruò lǐ. jūn zǐ dàn yǐ qīn, xiǎo rén gān yǐ jué. bǐ wú gù yǐ hé zhě, zé wú gù yǐ lí.

君子之交淡若水，小人之交甘若醴。君子淡以亲，小人甘以绝。彼无故以合者，则无故以离。

《庄子·山木》

注释

醴 甜酒。

合 相交。

赏读

有一句话说："平平淡淡才是真。"这句话用来说交朋友，真是再恰当不过了。饮料虽然味道好，但是不如水解渴。再好吃的东西，吃多了就腻了，只有饭天天吃也没事。君子交朋友就是这样，平淡之中蕴含着持久的魅力，小人之交往往是一时心血来潮，激动过后，就相忘于江湖了。

yù jūn zé xiū chén xià zhī yì, yù xiāng
遇君则修臣下之义，遇乡

zé xiū zhǎng yòu zhī yì, yù zhǎng zé xiū zǐ dì
则修长幼之义，遇长则修子弟

zhī yì, yù yǒu zé xiū lǐ jié cí ràng zhī yì,
之义，遇友则修礼节辞让之义，

yù jiàn ér shào zhě zé xiū gào dǎo kuān róng zhī
遇贱而少者则修告导宽容之

yì. wú bú ài yě, wú bú jìng yě, wú yǔ
义。无不爱也，无不敬也，无与

rén zhēng yě, huī rán rú tiān dì zhī bāo wàn wù.
人争也，恢然如天地之苞万物。

rú shì zé xián zhě guì zhī, bú xiào zhě qīn zhī.
如是则贤者贵之，不肖者亲之。

《荀子·非十二子》

注释

乡	乡人。
告导	劝告引导。
恢然	广大的样子。
苞	通“包”，包容，包含。
不肖	德行低劣的人。

赏读

“无不爱也，无不敬也，无与人争也，恢然如天地之苞万物。”这个境界太高了，就算是古代的圣人，大概也没有做到这个地步的吧？然虽不能至，心向往之，我们可以以此作为自己的座右铭，常常以此自勉，应该也是有益的吧？

学习是求取知识的一种行动，也是一种人生态度。学习不是一时的兴趣冲动，而是贯穿于人的一生的过程。这里，孔子为我们树立了榜样。

zǐ yuē wǒ fēi shēng ér zhī zhī
子曰："我非生而知之

zhě hào gǔ mǐn yǐ qiú zhī zhě yě
者，好古，敏以求之者也。"

《论语·述而》

注释

敏	勤勉。

赏读

孔子曾把人分为四等，《季氏》篇云："孔子曰：生而知之者上也，学而知之者次也，困而学之又其次也，困而不学，民斯为下矣。"孔子用这种标准来衡量自己，把自己看成学而知之的一类，也就是仅次于圣人的一类。

zǐ yuē jūn zǐ shí wú qiú bǎo jū
子曰："君子食无求饱，居

wú qiú ān mǐn yú shì ér shèn yú yán jiù
无求安，敏于事而慎于言，就

yǒu dào ér zhèng yān kě wèi hào xué yě yǐ
有道而正焉，可谓好学也已。"

《论语·学而》

注释

食无二句	并不是说不用吃饱，不用住得安稳，而是说不必花太多的时间计较饮食与居住。
敏	指办事又快又好。
正	匡正。

赏读

此章言君子当安贫力学。早期社会中，学习文化知识的人，都是有地位的人，不愁衣食。孔子的这句话，表明当时学术走向下层社会，出身贫寒的下层人才开始参与上层社会的管理。

jūn zǐ yǒu sān huàn wèi zhī wén huàn
君子有三患：未之闻，患

fú dé wén yě jì wén zhī huàn fú dé xué
弗得闻也；既闻之，患弗得学

yě jì xué zhī huàn fú néng xíng yě jūn zǐ
也；既学之，患弗能行也。君子

yǒu wǔ chǐ jū qí wèi wú qí yán jūn zǐ
有五耻：居其位，无其言，君子

chǐ zhī yǒu qí yán wú qí xíng jūn zǐ chǐ
耻之；有其言，无其行，君子耻

zhī jì dé zhī ér yòu shī zhī jūn zǐ chǐ
之；既得之而又失之，君子耻

zhī dì yǒu yú ér mín bù zú jūn zǐ chǐ
之；地有余而民不足，君子耻

zhī zhòng guǎ jūn ér bèi yān jūn zǐ chǐ zhī
之；众寡均而倍焉，君子耻之。

《礼记·杂记下》

注释

行	实践。
无其言	没有相称的言论。
众寡均而倍	民众的数量相等，他人的功绩比自己多一倍。

赏读

三患，说的都是学习的事，五耻，说的都是从政的事。

教子

高度重视对子女的教育，希望把子女培养成于国于家都有用的栋梁之材，这是中国传统家庭道德的一个重要方面。古人的许多“教子义方”值得我们认真对待。

mèng zǐ yuē zhōng yě yǎng bù zhōng cái
孟子曰：“中也养不中，才
yě yǎng bù cái gù rén lè yǒu xián fù xiōng yě
也养不才，故人乐有贤父兄也。
rú zhōng yě qì bù zhōng cái yě qì bù cái zé
如中也弃不中，才也弃不才，则
xián bú xiào zhī xiāng qù qí jiān bù néng yǐ cùn
贤不肖之相去，其间不能以寸。”

《孟子·离娄下》

注释

中	中道。
才	有才能。
不能以寸	不能用寸量，形容相差太小。

赏读

人都喜欢有能干的父兄，可以依赖。孟子认为，这个世界就是没有才能的依赖有才能的，有才能的有责任帮助没有才能的。这话有一定道理，不过，对于人而言，都应当有自己的独立精神，不能有依赖心理。否则，恐怕那些所谓的贤人，也要被拖累成不肖者了。

mèng zǐ yuē jūn zǐ yǒu sān lè ér
孟子曰：“君子有三乐，而
wàng tiān xià bù yǔ cún yān fù mǔ jù cún xiōng
王天下不与存焉。父母俱存，兄
dì wú gù yī lè yě yǎng bú kuì yú tiān
弟无故，一乐也；仰不愧于天，
fǔ bú zuò yú rén èr lè yě dé tiān xià yīng
俯不怍于人，二乐也；得天下英

cái ér jiào yù zhī, sān lè yě. jūn zǐ yǒu sān
才而教育之，三乐也。君子有三

lè, ér wàng tiān xià bù yǔ cún yān.
乐，而王天下不与存焉。”

《孟子·尽心上》

注释

王	称王，成为王。
不与存焉	不与之同在其中，不包括在里面。
无故	平安无事。
怍	惭愧。

赏读

“父母俱存，兄弟无故”，这是亲亲之仁；“仰不愧于天，俯不怍于人”，这是义；“得天下英才而教育之”，这是推广仁义。此三乐，并不只是个人的快乐，也是与天下人同乐。

zēng zǐ zhī qī zhī shì, qí zǐ suí zhī
曾子之妻之市，其子随之

ér qì, qí mǔ yuē: rǔ huán, gù fǎn wèi
而泣，其母曰：“女还，顾反为

rǔ shā zhì. qī shì shì lái, zēng zǐ yù bǔ
女杀彘。”妻适市来，曾子欲捕

zhì shā zhī. qī zhǐ zhī yuē: tè yǔ yīng ér
彘杀之。妻止之曰：“特与婴儿

xì ěr. zēng zǐ yuē: yīng ér fēi yǔ xì
戏耳。”曾子曰：“婴儿非与戏

yě yīng ér fēi yǒu zhī yě dài fù mǔ ér
也。婴儿非有知也，待父母而

xué zhě yě tīng fù mǔ zhī jiào jīn zǐ qī
学者也，听父母之教。今子欺

zhī shì jiào zǐ qī yě mǔ qī zǐ zǐ ér
之，是教子欺也。母欺子，子而

bú xìn qí mǔ fēi yǐ chéng jiào yě suì pēng
不信其母，非以成教也。”遂烹

zhì yě
彘也。

《韩非子·外储说左上》

注释

之市	到市场上去，“之”是动词，到……去。
还	回去。
女	通“汝”。
顾反	回来。
彘	猪。
适市	到市场去。
来	回来。
特	只是。
婴儿	小孩儿。
戏	开玩笑。
子欺之	你欺骗孩子。子：你，曾子对其妻的尊称。
子而不信其母	儿子如果不相信自己的母亲。
烹	煮。

赏读

据古书记载，曾子的家境很贫穷，所以杀一只猪对他来讲，是一件大事。大概是平常很少吃肉，所以小孩一听说有猪肉吃，马上就信以为真，乖乖听话。曾子宁愿杀一只猪，也不愿意让小孩觉得可以撒谎，这种教育孩子的认真态度，值得钦佩。

fú fēng huà zhě zì shàng ér xíng yú xià
夫风化者，自上而行于下
zhě yě zì xiān ér shī yú hòu zhě yě shì
者也，自先而施于后者也。是
yǐ fù bù cí zé zǐ bú xiào xiōng bù yǒu zé
以父不慈则子不孝，兄不友则
dì bù gōng fū bú yì zé fù bú shùn yǐ
弟不恭，夫不义则妇不顺矣。
fù cí ér zǐ nì xiōng yǒu ér dì ào fū
父慈而子逆，兄友而弟傲，夫
yì ér fù líng zé tiān zhī xiōng mín nǎi xíng
义而妇陵，则天之凶民，乃刑
lù zhī suǒ shè fēi xùn dǎo zhī suǒ yí yě
戮之所摄，非训导之所移也。

《颜氏家训·治家》

注释

风化	风俗教化。
陵	通“凌”，欺凌。
摄	统摄，管理。
训导	教育。
移	改变。

赏读

管理老百姓有两个层次，一是教化，在上位的先做好表率，在下位的就跟着学习。二是刑罚，对那些不服教化的，所谓“天之凶民”，就只能强制，用刑罚来迫使其服从。

养生

爱护身体，保持健康的体魄，是中华民族的一个优良传统。古人在这方面积累了许多经验，值得我们学习借鉴。

wǔ sè lìng rén mù máng wǔ yīn lìng rén ěr
五色令人目盲，五音令人耳

lóng wǔ wèi lìng rén kǒu shuǎng chí chěng tián liè lìng rén
聋，五味令人口爽，驰骋畋猎令人

xīn fā kuáng nán dé zhī huò lìng rén xíng fáng shì yǐ
心发狂，难得之货令人行妨。是以

shèng rén wéi fù bù wéi mù gù qù bǐ qǔ cǐ
圣人为腹不为目，故去彼取此。

《老子》第十二章

注释

爽	差错。	为腹	指填饱肚子。
妨	妨碍，伤害。	为目	指讲究耳目的享受。

赏读

《老子》主张放弃那些享乐的东西，这些都会损害人的眼观视听。圣人治理百姓，只要让他们吃饱肚子，就可以全性保真，保持赤子之心。

fú shuǐ zhī xìng qīng tǔ zhě gǔ zhī
夫水之性清，土者扫之，

gù bù dé qīng rén zhī xìng shòu wù zhě gǔ
故不得清；人之性寿，物者扫

zhī gù bù dé shòu wù yě zhě suǒ yǐ yǎng
之，故不得寿。物也者，所以养

xìng yě fēi suǒ yǐ xìng yǎng yě jīn shì zhī
性也，非所以性养也。今世之

rén huò zhě duō yǐ xìng yǎng wù zé bù zhī
人，惑者多以性养物，则不知

qīng zhòng yě. bù zhī qīng zhòng, zé zhòng zhě wéi qīng, qīng zhě wéi zhòng yǐ. ruò cǐ, zé měi dòng wú bú bài.

轻重也。不知轻重，则重者为轻，轻者为重矣。若此，则每动无不败。

《吕氏春秋·本生》

注释

扣	搅乱。	惑者	糊涂的人。
所以养性	用来养性的。	动	行动。
非所以性养	不是用性来养。		

赏读

水的本性好清，泥土搅进去，所以不得清；人的本性喜欢长寿，外物干扰人身，所以不能长寿。外物，是用来养性的，不能用人性来养它。现在的世人，糊涂的人用伤害人性的代价去追求外物，这就是不知轻重。不知道轻重，就会以重为轻，以轻为重了。这样的话，不管做什么，没有不失败的。

zhì shēn, tài shàng yǎng shén, qí cì yǎng xíng.

治身，太上养神，其次养形。

《淮南子·泰族》

注释

治身	管理自己，就是养身。

赏读

这是道家的基本态度。道家认为，人最重要的是要管理好自己，注重养生；养生之道，首先是养护自己的神明，其次是养护自己的身体。这是很有现代意义的。我们周围常有“英年早逝”者，令人扼腕唏嘘。究其原因，精神紧张、心理压力过大是很重要的一个方面。“养神”决不能忽视。

fú yǎng shēng zhě xiān xū lǜ huò quán shēn bǎo xìng yǒu cǐ shēng rán hòu yǎng zhī wù tú yǎng qí wú shēng yě shàn bào yǎng yú nèi ér sàng wài zhāng yì yǎng yú wài ér sàng nèi qián xián suǒ jiè yě jī kāng zhù yǎng shēng zhī lùn ér yǐ ào wù shòu xíng shí chóng jì fú ěr zhī yán ér yǐ tān nì qǔ huò wǎng shì zhī suǒ mí yě

夫养生者先须虑祸，全身保性，有此生然后养之，勿徒养其无生也。单豹养于内而丧外，张毅养于外而丧内，前贤所戒也。嵇康著《养生》之论，而以傲物受刑；石崇冀服饵之延，而以贪溺取祸，往世之所迷也。

《颜氏家训·养生》

注释

生	生命。
勿徒养其无生也	不要白白等到丧失生命的时候再养（那就晚了）。
单豹、张毅	《庄子·达生》云，鲁国人单豹，善于养生，七十岁了，还像婴儿似的，可惜碰到了老虎，被吃了，这就是“养于内而丧外”。又有一个叫张毅的，富贵显赫，可是四十岁就发病而死。
嵇康	三国名士，曾著《养生论》，但因恃才傲物，得罪了司马昭，最终被杀。
石崇	晋代著名的大富翁，金钱财宝，不计其数。曾服食丹药，以求延年益寿。有个叫孙秀的，看上了石崇的小妾绿珠，石崇不肯给，被孙秀陷害而死。

冀	希望。
服饵	服食丹药。
延	延年。延，原作“徵”，此据《医心方》引文。

赏读

全身保性，这话在今天很有现实意义。一方面，现代人生活压力大，为了物质生活好一点，不得不拼命工作，特别是人到中年，肩负重担，容易伤害了身体。另一方面，现代物质确实比过去发达，人的欲望也越来越多，由此迷失本性，贪污腐败，误入歧途的，也滔滔皆是，最终伤害了自身。这段话虽然说的是古人的事，却很有借鉴意义。

含英咀华，

体悟真善美

诗经·周南·汉广

赏读

南有乔木，不可休思。
汉有游女，不可求思。
汉之广矣，不可泳思。
江之永矣，不可方思。

八句，四曰“不可”，追求不得的遗憾淋漓尽致，不可逆转。

翘翘错薪，言刈其楚。

注释

汉	汉水，长江支流之一。
广	宽阔。
乔木	高高的树木。树高，树荫则少。
休	休息。
思	语助词，无实义。
游女	游春的女郎。
求	结识。
泳	游泳。
江	江水，即长江。
永	长。
方	同“舫”，小舟。此处用作动词，意谓坐小舟渡江。
翘翘	本指鸟尾上的长羽的高起，比指高出的样子。
错薪	丛杂的柴草。古代嫁娶必以燎炬为烛，故《诗经》嫁娶多以折薪、刈楚为兴。
刈	割。
楚	荆条。

zhī zǐ yú guī, yán mò qí mǎ
之子于归，言秣其马。
hàn zhī guǎng yǐ, bù kě yǒng sī
汉之广矣，不可泳思。
jiāng zhī yǒng yǐ, bù kě fāng sī
江之永矣，不可方思。

qiáo qiáo cuò xīn, yán yì qí lóu
翘翘错薪，言刈其蒌。
zhī zǐ yú guī, yán mò qí jū
之子于归，言秣其驹。
hàn zhī guǎng yǐ, bù kě yǒng sī
汉之广矣，不可泳思。
jiāng zhī yǒng yǐ, bù kě fāng sī
江之永矣，不可方思。

赏读

梦想有朝一日，游女终可嫁我为妻，赶紧喂饱马儿把车拉。

梦境终难成真，痴情依旧。

全篇三章，前一章独立，后二章叠咏，三章层层相联。

注释

子	此指女郎。
归	出嫁。
秣	用草喂（马）。
蒌	蒌蒿，也叫白蒿，嫩时可食，老则为薪。
驹	马驹，指幼马。

jiāo nǚ shī
娇女诗

zuǒ sī
左思

赏读

容貌可以“皎皎”二字概之。

wú jiā yǒu jiāo nǚ, jiǎo jiǎo pō bái xī.
吾家有娇女，皎皎颇白皙。

xiǎo zì wéi wán sù, kǒu chǐ zì qīng lì.
小字为纨素，口齿自清历。

bìn fà fù guǎng é, shuāng ěr sì lián bì.
鬓发覆广额，双耳似连璧。

míng zhāo nòng shū tái, dài méi lèi sǎo jì.
明朝弄梳台，黛眉类扫迹。

nóng zhū yǎn dān chún, huáng wěn làn màn chì.
浓朱衍丹唇，黄吻澜漫赤。

jiāo yǔ ruò lián suǒ, fèn sù nǎi míng huò.
娇语若连琐，忿速乃明恤。

wò bǐ lì tóng guǎn, zhuàn kè wèi qī yì.
握笔利彤管，篆刻未期益。

zhí shū ài tì sù, sòng xí jīn suǒ huò.
执书爱绨素，诵习矜所获。

“类扫迹”、“澜漫赤”，痴儿学妆，竟成涂抹，着一“弄”字，小娇女天真烂漫之神态展露无遗。

利而未期、爱而有矜，无非游戏而已。小儿幼稚心理的真实写照。

注释

小字	乳名。
清历	清楚。
衍	染。
黄吻	指黄口，本指小孩，这里指小孩的嘴唇。
澜漫	淋漓貌。
连琐	连环，形容说话连环缠绵。
明恤	明晰干脆。恤，乖戾。
利	贪爱。
矜	自夸。

赏读

qí zǐ zì huì fāng, miàn mù càn rú huà
其姊字惠芳，面目粲如画。
qīng zhuāng xǐ lóu biān, lín jìng wàng fǎng jì
轻妆喜楼边，临镜忘纺绩。
jǔ zhì nǐ jīng zhào, lì dì chéng fù yì
举觯拟京兆，立的成复易。
wán nòng méi jiá jiān, jù jiān jī zhù yì
玩弄眉颊间，剧兼机杼役。
cóng róng hào zhào wǔ, yán xiù xiàng fēi hé
从容好赵舞，延袖象飞翮。
shàng xià xián zhù jì, wén shǐ zhé juǎn bì
上下弦柱际，文史辄卷襞。
gù miǎn píng fēng huà, rú jiàn yǐ zhǐ zhāi
顾眄屏风画，如见已指摘。
dān qīng rì chén àn, míng yì wèi yǐn zé
丹青日尘暗，明义为隐赜。
chí wù xiáng yuán lín, guǒ xià jiē shēng zhāi
驰骛翔园林，果下皆生摘。

惠芳年长，同是学妆而与纨素稍异。“玩弄”的心态是一样的，但认真的程度已大大超过其妹，“忘纺绩”、“成复易”、“剧兼机杼役”，所以然者，爱美之心已初成也。

能舞好乐，不喜书卷，贪玩爱美之心乃小儿之常态。

屏风上的图画本已尘封难明，小儿竟随意痴点，是幼稚而好夸耀的心理使然。与纨素“诵习矜所获”如出一辙。小姐妹游戏园林，肆意玩耍，无所禁忌。

注释

粲	美好貌。
觯	当作“觚”，一种画眉用的木简。
京兆	指汉宣帝时京兆尹张敞，曾为妻画眉，传为佳话。
的	古时女子面部的一种装饰，用朱色点成。
剧	指精神之兴奋状。
兼	倍。
赵舞	赵国的舞蹈，张华曰：“妙舞起齐赵。”
翮	羽茎，此代指鸟翼。
襞	折叠，卷襞即将文史书籍或卷或襞，搁置一边。
眄	斜视。
如见	仿佛看见，所见不真切。
尘暗	因积尘而晦暗。
隐赜	深隐难见。

赏读

hóng pā zhuì zǐ dì, píng shí zhòu dǐ zhì.
红葩缀紫蒂，萍实骤抵掷。

tān huá fēng yǔ zhōng, shēn hū shù bǎi shì.
贪华风雨中，眒忽数百适。

wù niè shuāng xuě xì, chóng qí cháng lěi jī.
务蹑霜雪戏，重綦常累积。

bìng xīn zhù yáo zhuàn, duān zuò lǐ pán hé.
并心注肴馔，端坐理盘槅。

hàn mò jí hán àn, xiāng yǔ shù lí tì.
翰墨戢函案，相与数离逖。

dòng wèi lú zhēng qū, xǐ lǚ rèn zhī shì.
动为垆钲屈，屣履任之适。

zhǐ wéi chá shū jù, chuī xū duì dǐng lì.
止为茶菽据，吹吁对鼎䥶。

zhī nì màn bái xiù, yān xūn rǎn ē xī.
脂腻漫白袖，烟薰染阿锡。

顽劣之甚，即可爱之甚。

注释

萍实	楚昭王渡江得一果，大如斗，问孔子，孔子言是萍实，惟霸主能获得。此指一般水果。
骤	多次。
抵	投掷。
华	花。
眒忽	急速。
适	往。
綦	鞋带。
累积	言其鞋带系得重叠累积，因贪玩而求耐用。
槅	通"核"，指有核的果物，如桃、梅、枣、栗等。

戢	聚。
函案	书桌。
离逖	远离。逖，远。
垆	通"炉"，火炉。
钲	乐器。
屈	疑当作"出"，言姐俩听到敲击垆钲（当是卖小食者所敲）的声音而奔出。
屣履	拖着鞋子走路。多形容急忙的样子。
据	定，安。
䥶	烹饪器具。
阿	细缯。
锡	通"緆"，细麻布。

yī bèi jiē chóng chí, nán yǔ chén shuǐ bì.
衣被皆重池，难与沉水碧。
rèn qí rú zǐ yì, xiū shòu zhǎng zhě zé.
任其孺子意，羞受长者责。
piē wén dāng yǔ zhàng, yǎn lèi jù xiàng bì.
瞥闻当与杖，掩泪俱向壁。

左思有两个女儿，长女惠芳，次女纨素，天真烂漫，活泼可爱。《娇女诗》即以此为题，从生活细节出发，生动逼真地写出了两个小女孩各自的情态，可谓诗史上的创举。全诗可分三部分，第一部分写次女，第二部分写长女，然后合写，笔触细腻，形象生动，如在目前。诗中展示的，是慈父眼中的稚气真淳的一对小娇女形象，她们顽皮可爱，童真难得。后来杜甫《北征》中对小女儿的描写，以及李商隐《骄儿诗》之作，无不受此影响。

衣被	衣着。
重池	衣被多重缘饰，中心如池。有版本作“重施”或“重地”，皆误。
水碧	即碧水，言难以下水洗涤。

yí jū
移居

táo yuān míng
陶渊明

“登高能赋，可以为大夫”，春秋佳日，岂可辜负大好光阴？

诗酒耕读之乐，诵之于口，得之于心，虽不能至，心向往之！

得此足矣，何必去而他求？
陶诗之胜，在于出自真心，发乎天然，大巧若拙，锤炼而归于自然。元好问说：“豪华落尽见真淳。”钟嵘许之为“古今隐逸诗人之宗”，诚不虚也。

chūn qiū duō jiā rì， dēng gāo fù xīn shī。
春秋多佳日，登高赋新诗。

guò mén gèng xiāng hū， yǒu jiǔ zhēn zhuó zhī。
过门更相呼，有酒斟酌之。

nóng wù gè zì guī， xián xiá zhé xiāng sī；
农务各自归，闲暇辄相思；

xiāng sī zé pī yī， yán xiào wú yàn shí。
相思则披衣，言笑无厌时。

cǐ lǐ jiāng bú shèng， wú wéi hū qù zī。
此理将不胜，无为忽去兹。

yī shí dāng xū jì， lì gēng bù wú qī。
衣食当须纪，力耕不吾欺。

将	岂。	纪	经营。

nǐ xíng lù nán
拟行路难

bào zhào
鲍照

duì àn bù néng shí
对案不能食，

bá jiàn jī zhù cháng tàn xī
拔剑击柱长叹息。

zhàng fū shēng shì huì jǐ shí
丈夫生世会几时，

ān néng dié xiè chuí yǔ yì
安能蹀躞垂羽翼。

qì zhì bà guān qù huán jiā zì xiū xī
弃置罢官去，还家自休息。

zhāo chū yǔ qīn cí mù huán zài qīn cè
朝出与亲辞，暮还在亲侧。

nòng ér chuáng qián xì kàn fù jī zhōng zhī
弄儿床前戏，看妇机中织。

zì gǔ shèng xián jìn pín jiàn
自古圣贤尽贫贱，

hé kuàng wǒ bèi gū qiě zhí
何况我辈孤且直！

“对案”、“不食”、“拔剑”、“击柱”、“长叹息”，五个连续可感的动作劈面而来，压抑、怒不可遏而又无可奈何之情表露无遗。

沉抑下僚，“安能摧眉折腰事权贵”？大丈夫之志隐隐说出，其情再上一层，更为下文铺垫。

贫居之乐，甘苦自知。故作放达，更见抑郁。

案	古代盛放食器的小几，形如有脚的托盘。
蹀躞	步履细碎。
孤	孤寒，指身世微贱。

wàng yuè huái yuǎn
望月怀远

zhāng jiǔ líng
张九龄

hǎi shàng shēng míng yuè
海上生明月，
tiān yá gòng cǐ shí
天涯共此时。
qíng rén yuàn yáo yè
情人怨遥夜，
jìng xī qǐ xiāng sī
竟夕起相思。
miè zhú lián guāng mǎn
灭烛怜光满，
pī yī jué lù zī
披衣觉露滋。
bù kān yíng shǒu zèng
不堪盈手赠，
huán qǐn mèng jiā qī
还寝梦佳期。

发调高唱，情韵悠长，不愧思亲怀人之千古名句。情致缠绵中，竟有此襟怀廓大之句，非盛唐人不能为也。

紧扣“怀远”之题。

“灭烛怜光满”，始终不离“望月”。

“不堪盈手赠”，何其美好的想象！何等的缠绵悱恻！比之陆机诗“照之有余辉，揽之不盈手”，可谓蓝已青矣。

联系张九龄的生平遭际，这应该是一首政治抒情诗。然而诗歌的意义已完全超越了这一点。诗歌由望月而怀人，情景交融，婉转不尽，情致深长。人称“五律之《离骚》”，信然。

注释

情人	指怀有深厚情意之人，是诗人自称。
遥夜	长夜，漫长的夜晚。
竟夕	整夜。
怜	爱惜。
光满	满室的月光。
不堪	不能。
佳期	美好的约会。

kè zhōng zuò 客中作

lǐ bái 李白

lán líng měi jiǔ yù jīn xiāng
兰陵美酒郁金香，

yù wǎn chéng lái hǔ pò guāng
玉碗盛来琥珀光。

dàn shǐ zhǔ rén néng zuì kè
但使主人能醉客，

bù zhī hé chù shì tā xiāng
不知何处是他乡！

嗅。“兰陵”、“郁金香”、“玉碗”、“琥珀”，全是金贵剔透的意象。“陵”、“香”、“光”，这些字眼皆清亮而有鼻音的淳厚，非常恰当。兰陵一经李白与美酒相连，便成为千百年来美酒的商标。

看。对酒的盛赞饱含了作者极度的嗜好。不同的酒须用不同的酒杯来盛，不仅在视觉上会有差异，即在口感上也会不同。

题为《客中作》，然而决不同于一般的羁旅诗。对美酒的赞美已经把题中的客愁冲淡，后两句看似粗豪的话语，给读者描绘的仿佛只有开怀畅饮。

李白是诗仙，也是酒仙。似乎先有了酒，然后才有李白，继而有了李白的诗。纵饮琼浆，放声歌唱，豪情逸兴，处处乡关，又岂问他乡故乡！

兰陵	在今山东枣庄。
郁金香	一种香草。古人用以浸酒，酒色金黄，芳香扑鼻。
琥珀	一种树脂化石，呈黄色或赤褐色，晶莹剔透，此处形容美酒色泽如琥珀。

蜀道难

shǔ dào nán

李白

lǐ bái

注释

噫吁嚱	三字都是惊叹词，蜀地方言。
危乎高哉	（多么）高啊！
蜀道	蜀中的道路。亦泛指蜀地。
蚕丛、鱼凫	传说中古蜀国的国王。
何茫然	多么邈远。
尔来	自（蚕丛、鱼凫）开国以来。
四万八千岁	极言年代久远。
秦塞	犹言秦地。
塞	山川险阻之处。
通人烟	相互往来。
当	对着。
太白	山名，秦岭的主峰。
鸟道	指极高而危险的山路。
横绝	横度、跨过。
峨嵋	山名，在今四川峨眉县境内。
巅	顶峰。

yī xū xī
噫吁嚱，

wēi hū gāo zāi
危乎高哉！

shǔ dào zhī nán
蜀道之难，

nán yú shàng qīng tiān
难于上青天！

cán cóng jí yú fú
蚕丛及鱼凫，

kāi guó hé máng rán
开国何茫然！

ěr lái sì wàn bā qiān suì
尔来四万八千岁，

bù yǔ qín sài tōng rén yān
不与秦塞通人烟。

xī dāng tài bái yǒu niǎo dào
西当太白有鸟道，

kě yǐ héng jué é méi diān
可以横绝峨嵋巅。

赏读

蜀道来历即颇传奇。

dì bēng shān cuī zhuàng shì sǐ
地崩山摧壮士死，
rán hòu tiān tī shí zhàn xiāng gōu lián
然后天梯石栈相钩连。
shàng yǒu liù lóng huí rì zhī gāo biāo
上有六龙回日之高标，
xià yǒu chōng bō nì zhé zhī huí chuān
下有冲波逆折之回川。
huáng hè zhī fēi shàng bù dé guò
黄鹤之飞尚不得过，
yuán náo yù dù chóu pān yuán
猿猱欲度愁攀援。
qīng ní hé pán pán
青泥何盘盘，
bǎi bù jiǔ zhé yíng yán luán
百步九折萦岩峦。
mén shēn lì jǐng yǎng xié xī
扪参历井仰胁息，
yǐ shǒu fǔ yīng zuò cháng tàn
以手抚膺坐长叹。

地崩句	据说，秦惠王将五个美女嫁给蜀王，蜀王派五力士去迎接，返回途中，见一大蛇钻入洞中。五力士拖住蛇尾，齐力向外拉，结果把山拉倒。五力士和美女们都被压死，整座山就分成五个岭。
天梯	高峻的石路。
石栈	在悬崖上凿石架木而建成的栈道。
钩连	连接。
六龙	羲和驾着六龙所拉的车子载着太阳在空中奔走。六龙句，指山极高，即使六龙驾车，也要回转，难以越过。

赏读

蜀道之高峻险阻，鸟不可渡，猿不得攀，人望而却步。

注释

高标	指蜀道上标志性的最高峰。
冲波	激浪、波涛。
逆折	水回旋。
回川	打着漩涡的水流。
黄鹤	鸟名。
尚	还，且。
猿猱	猿猴。
愁攀援	以攀援为愁，意谓难以攀援而上。
青泥	岭名，在陕西省略阳县西北。
盘盘	曲曲折折。
百步九折	百、九，都是虚数。言在极短的路程内，就要转折多弯。
萦	绕。
岩峦	高高低低的山峰。
扪参历井	山高入云，人在山上可以用手摸到星星，可以从星星中穿过。参、井，都是星宿名。秦是井宿的分野，蜀是参宿的分野，由秦入蜀故称扪参历井。
仰	抬头看。
胁	收敛。
息	呼吸。
膺	胸口。
长叹	深深的叹息。

wèn jūn xī yóu hé shí huán
问君西游何时还？
wèi tú chán yán bù kě pān
畏途巉岩不可攀。
dàn jiàn bēi niǎo háo gǔ mù
但见悲鸟号古木，
xióng fēi cí cóng rào lín jiān
雄飞雌从绕林间。
yòu wén zǐ guī tí yè yuè
又闻子规啼夜月，
chóu kōng shān
愁空山。
shǔ dào zhī nán
蜀道之难，
nán yú shàng qīng tiān
难于上青天，
shǐ rén tīng cǐ diāo zhū yán
使人听此凋朱颜。
lián fēng qù tiān bù yíng chǐ
连峰去天不盈尺，
kū sōng dào guà yǐ jué bì
枯松倒挂倚绝壁。
fēi tuān pù liú zhēng xuān huī
飞湍瀑流争喧豗，
pīng yá zhuǎn shí wàn hè léi
砯崖转石万壑雷。
qí xiǎn yě rú cǐ
其险也如此，
jiē ěr yuǎn dào zhī rén
嗟尔远道之人，
hú wèi hū lái zāi
胡为乎来哉？

注释

君	泛指入蜀的人。
畏途	可怕的道路。
巉岩	高峻的山峰。
号	悲鸣。
古木	与下文的林间相对，指古老的林木。
雄飞雌从	指悲鸟双双，飞来飞去。
子规	即杜鹃。相传是古蜀国国王杜宇变的，叫声凄苦。
愁	使动用法，让整个空山都忧愁。
凋朱颜	红润的容颜为之憔悴。
连峰	连绵的山峰。
盈	满。
倚	依靠。
湍	急流的水。
喧豗	喧闹。
砯	水击岩石的声音，这里是撞击的意思。
转	翻转。该句是说急流撞在崖壁上，或转动水中的石头，使许多沟壑发出雷一般的巨响。
嗟	悲叹。
尔	代词，你，你们。
胡为乎	为什么啊。

jiàn gé zhēng róng ér cuī wéi
剑阁峥嵘而崔嵬，

yì fū dāng guān wàn fū mò kāi
一夫当关，万夫莫开。

suǒ shǒu huò fěi qīn huà wéi láng yǔ cái
所守或匪亲，化为狼与豺。

zhāo bì měng hǔ xī bì cháng shé
朝避猛虎，夕避长蛇，

mó yá shǔn xuè shā rén rú má
磨牙吮血，杀人如麻。

jǐng chéng suī yún lè bù rú zǎo huán jiā
锦城虽云乐，不如早还家。

shǔ dào zhī nán nán yú shàng qīng tiān
蜀道之难，难于上青天，

cè shēn xī wàng cháng zī jiē
侧身西望长咨嗟。

赏读

蜀地之险，有战事即生灵涂炭。

注释

剑阁	大剑山和小剑山之间的一条栈道，在今四川省剑阁县。
峥嵘、崔嵬	均指山高峻貌。
当关	把住关口。
莫开	无人能打开。
所守	守剑阁之人。

或匪亲	假若不是可靠的人。匪，同“非”。
狼、豺	都是凶猛的野兽。
吮	吸。
锦城	即锦官城，成都产锦，古代管理织锦之官居此，故名。
云	说。
咨嗟	叹息。

登快阁
dēng kuài gé

黄庭坚
huáng tíng jiān

赏读

纪昀以为“起句山谷习气”，信然。

“倚”字虽从李商隐诗“西楼倚暮霞”、“高楼倚暮晖”化出，亦觉神妙无迹。

一派静穆，一派庄严，阔大雄奇，气象不凡。颇具老杜胸襟，一往浩然！

言世无知己，“郢人逝矣，谁与尽言？”“何以解忧，惟有杜康！”此为流水对，“所谓寓单行之气于排偶之中者。姚先生（鼐）云：‘能移太白歌行于律诗’”（方东树《昭昧詹言》）者也。

chī ér liǎo què gōng jiā shì
痴儿了却公家事，
kuài gé dōng xī yǐ wǎn qíng
快阁东西倚晚晴。
luò mù qiān shān tiān yuǎn dà
落木千山天远大，
chéng jiāng yí dào yuè fēn míng
澄江一道月分明。
zhū xián yǐ wèi jiā rén jué
朱弦已为佳人绝，
qīng yǎn liáo yīn měi jiǔ héng
青眼聊因美酒横。

注释

痴儿	痴人，作者自谓。
了却公家事	办完官事。《晋书·傅咸传》载，夏侯济作书与傅咸云：“生子痴，了官事。官事未易了也。了事正作痴，复为快耳。”意谓痴人才会去做官事，此反用其意，言自己已办完官事，是个痴儿。
快阁	在太和县东赣江上，风景如画。
朱弦	琴瑟类弦乐。
佳人	指知音。《吕氏春秋·本味篇》、《韩诗外传》等皆有钟子期死，伯牙不复鼓琴的故事。
青眼	《晋书·阮籍传》载，阮籍能为青白眼，对礼俗之士，便白眼以对，表示轻蔑，惟嵇康来，方现青眼，以示爱重。
横	眼波流动。

wàn lǐ guī chuán nòng cháng dí
万里归船弄长笛，
cǐ xīn wú yǔ bái ōu méng
此心吾与白鸥盟。

归隐，无尽的文人情结，不过是失意时的一种姿态……

黄山谷诗号为“无一字无来历”，然常因此出现艰涩之弊。此诗虽仍有“山谷习气”（纪昀语），然而意境开阔，用典自然无迹，诚如张宗泰所言：“至其意境天开，则实能辟古今未泄之奥妙，而《登快阁》诗其一也。”（《跋张戒〈岁寒堂诗话〉》）

弄	吹奏。
长笛	即马融《长笛赋》。其中有“溉盥污秽，澡雪垢滓”之句。故这句有清净，洗涤之意。
与白鸥盟	《列子·黄帝篇》载，有人于海滨，每日狎鸥而嬉，其父要他明日取鸥来玩，次日此人再至海滨，鸥便高飞不下了。人无机心，便可与鸥为友。此处言自己欲归隐江湖，亲友鸥鹭也。

剑门道中遇微雨
jiàn mén dào zhōng yù wēi yǔ

陆游
lù yóu

赏读

征尘满衣，行色匆匆，而洒洒胸襟。“黯然销魂者，惟别而已矣”，是与谁的离别令诗人如此消魂呢？难道不是与战阵、与那未收复的山河？还有那些一起冲锋陷阵的战友？只是消魂，意在其中矣。

秋风细雨，骑驴入剑关，顿然被陆游定格为千古诗人的永恒形象。然而，更于何时，方可实现自己“铁马秋风大散关”的梦想？可怜，终其一生，“尽复汉唐故地”也仅能在梦里实现而已。“百无聊赖以诗鸣”（梁启超语），悲夫！

yī shàng zhēng chén zá jiǔ hén
衣上征尘杂酒痕，

yuǎn yóu wú chù bù xiāo hún
远游无处不消魂。

cǐ shēn hé shì shī rén wèi
此身合是诗人未？

xì yǔ qí lǘ rù jiàn mén
细雨骑驴入剑门。

注释

此身二句	诗人自问：在细雨中，骑驴入剑门关，我该算是一个诗人不是？唐宋诗人如李白、杜甫、王安石等都有骑驴吟诗的轶事。

岁暮到家

jiǎng shì quán
蒋士铨

àì zǐ xīn wú jìn
爱子心无尽，
guī jiā xǐ jí chén
归家喜及辰。
hán yī zhēn xiàn mì
寒衣针线密，
jiā xìn mò hén xīn
家信墨痕新。
jiàn miàn lián qīng shòu
见面怜清瘦，
hū ér wèn kǔ xīn
呼儿问苦辛。
dī huí kuì rén zǐ
低徊愧人子，
bù gǎn tàn fēng chén
不敢叹风尘。

从慈母角度落笔，写其舐犊情深，看到儿子在年底回到家中，喜悦之情难以掩饰。

以寒衣在身和家信墨新，分写母子深情。正如孟郊《游子吟》："慈母手中线，游子身上衣。临行密密缝，意恐迟迟归。谁言寸草心，报得三春晖？"

疼怜之语声声在耳，让人心碎，怎忍在母亲面前为旅途劳顿而怨叹？可谓情真意切，语浅情浓。

《岁暮到家》写的是蒋士铨与其母亲经过远别而团圆时的惊喜与伤感交加的真实场景。诗中着意表现的母子之情，并非单纯、抽象的说教，而是借助衣物、语言、行为和心理活动等使之具体可感，以真挚质朴见长。

及辰	及时，指于岁暮赶到。

雨霖铃（寒蝉凄切）

yǔ lín líng hán chán qī qiè

柳永

liǔ yǒng

赏读

上片以“凄切”开篇，全词不离此二字。

骤雨初歇即催发。

设帐饯行，兰舟摧发，泪眼相对，执手无语告别。

离别场景一幕幕如在眼前，令人心伤。

设想别后，友人独行烟波之中，广阔楚天只余我孤独一人。

hán chán qī qiè， duì cháng tíng wǎn，

寒蝉凄切，对长亭晚，

zhòu yǔ chū xiē。

骤雨初歇。

dū mén zhàng yǐn wú xù，

都门帐饮无绪，

fāng liú liàn chù lán zhōu cuī fā。

方留恋处兰舟催发。

zhí shǒu xiāng kàn lèi yǎn，

执手相看泪眼，

jìng wú yǔ níng yē。

竟无语凝噎。

niàn qù qù qiān lǐ yān bō，

念去去千里烟波，

mù ǎi chén chén chǔ tiān kuò。

暮霭沈沈楚天阔。

注释

雨霖铃	词牌名，分上下阕，103字。
凄切	凄凉急促。
骤雨	阵雨。
都门	京城，此指汴京（今河南开封市）。
帐饮	在郊外张设帐幕置酒宴饯别。
无绪	没有情绪，无精打采。
兰舟	据《述异记》载，鲁班曾刻木兰树为舟。后用作船的美称。
凝噎	悲痛气塞，说不出话来。一作“凝咽”。
去去	重复言之，表示行程之远。
暮霭	傍晚的云气。
沈沈	同“沉沉”，深厚的样子。
楚天	南天。古时长江下游地区属楚国，故称。

赏读

duō qíng zì gǔ shāng lí bié
多情自古伤离别，

gèng nǎ kān lěng luò qīng qiū jié
更那堪冷落清秋节。

jīn xiāo jiǔ xǐng hé chù
今宵酒醒何处，

yáng liǔ àn xiǎo fēng cán yuè
杨柳岸晓风残月。

cǐ qù jīng nián
此去经年，

yīng shì liáng chén hǎo jǐng xū shè
应是良辰好景虚设。

biàn zòng yǒu qiān zhǒng fēng qíng
便纵有千种风情，

gèng yǔ hé rén shuō
更与何人说。

下片先宕开一笔伤离惜别，并不自我始，自古皆然。更何况正值这冷落时节。

遥想旅途中的人，酒醒后况味如何呢。

伤离别，并不在离别的一瞬间，而是离别之后，长久的孤寂与思念。

以问句收纳全词，余韵无穷。

清秋节	清秋时节。
经年	一年。
纵	纵然，即使。

望海潮（东南形胜）
wàng hǎi cháo dōng nán xíng shèng

柳永
liǔ yǒng

赏读

起笔大开大阖，气势非凡，为点睛之笔。

“参差十万人家”，顿将江南水乡之弱调转为强音。

“绕”、“卷”极富力度感。

dōng nán xíng shèng, sān wú dū huì,
东南形胜，三吴都会，
qián táng zì gǔ fán huá.
钱塘自古繁华。
yān liǔ huà qiáo, fēng lián cuì mù,
烟柳画桥，风帘翠幕，
cēn cī shí wàn rén jiā.
参差十万人家。
yún shù rào dī shā,
云树绕堤沙，
nù tāo juǎn shuāng xuě,
怒涛卷霜雪，
tiān qiàn wú yá.
天堑无涯。
shì liè zhū jī, hù yíng luó qǐ,
市列珠玑，户盈罗绮，
jìng háo shē.
竞豪奢。

注释

形胜	形势险要。
三吴都会	杭州为三吴（吴兴郡、吴郡、会稽郡）之地的重镇。
霜雪	白色浪花。

chóng hú dié yǎn qīng jiā
重湖叠巘清嘉。
yǒu sān qiū guì zǐ、shí lǐ hé huā
有三秋桂子、十里荷花。
qiāng guǎn nòng qíng, líng gē fàn yè,
羌管弄晴，菱歌泛夜，
xī xī diào sǒu lián wá
嬉嬉钓叟莲娃。
qiān jì yōng gāo yá,
千骑拥高牙，
chéng zuì tīng xiāo gǔ,
乘醉听箫鼓，
yín shǎng yān xiá
吟赏烟霞。
yì rì tú jiāng hǎo jǐng,
异日图将好景，
guī qù fèng chí kuā
归去凤池夸。

赏读

"三秋桂子、十里荷花"写得高度凝炼，具有撼动人心的艺术力量，无怪乎会引发金主完颜亮投鞭渡江进军中原之志。

《望海潮》是柳永新创的词调，专写杭州的富庶与美丽，足抵一篇京都大赋。上阕写杭州都会的繁荣、钱江潮的壮观以及承平时代市民的奢华生活；下阕写西湖的风物与达官贵人的排场风度。全词结构严谨，层次分明，笔墨清新，铺叙晓畅，豪放夸张而形容得体，有极强的艺术魅力。

注释

重湖	西湖有外湖、里湖，故称。
叠巘	重峦叠嶂。
清嘉	秀美。
莲娃	采莲女。
高牙	大旗，此借指高官。
凤池	凤凰池，唐宋时多指中书省，此泛指中央政权。

yì jiǎn méi hóng ǒu xiāng cán yù diàn qiū
一剪梅（红藕香残玉簟秋）

lǐ qīng zhào
李清照

陈廷焯评“红藕香残玉簟秋”云：“精秀特绝，真不食人间烟火者。”秀绝中却有无限凄凉，而“独”字则是表现的中心。

锦书谁寄，怨丈夫音信疏也；雁字飞于月下，更添无限凄清。

由怨生哀，何青春之易逝，叹佳期之难求。

易安词风，远绍李后主，尤善白描。本词是写给新婚不久即外出求学的丈夫赵明诚的，作者以女性特有的敏感捕捉稍纵即逝的真切感受，笔调清新，风格细腻，移情入景，情景交融，可谓语淡情深，很能代表“易安体”的特色。

hóng ǒu xiāng cán yù diàn qiū
红藕香残玉簟秋。
qīng jiě luó cháng dú shàng lán zhōu
轻解罗裳，独上兰舟。
yún zhōng shuí jì jǐn shū lái
云中谁寄锦书来，
yàn zì huí shí yuè mǎn xī lóu
雁字回时，月满西楼。

huā zì piāo líng shuǐ zì liú
花自飘零水自流。
yì zhǒng xiāng sī liǎng chù xián chóu
一种相思，两处闲愁。
cǐ qíng wú jì kě xiāo chú
此情无计可消除，
cái xià méi tóu què shàng xīn tóu
才下眉头，却上心头。

玉簟	精美的竹席。
锦书	家信。
雁字	大雁飞时常排成“一”字或“人”字形，故名。

bǔ suàn zǐ · yǒng méi

卜算子·咏梅

lù yóu

陆游

yì wài duàn qiáo biān

驿外断桥边，

jì mò kāi wú zhǔ

寂寞开无主。

yǐ shì huáng hūn dú zì chóu

已是黄昏独自愁，

gèng zhuó fēng hé yǔ

更著风和雨。

wú yì kǔ zhēng chūn

无意苦争春，

yí rèn qún fāng dù

一任群芳妒。

líng luò chéng ní niǎn zuò chén

零落成泥碾作尘，

zhǐ yǒu xiāng rú gù

只有香如故。

驿外人稀，相伴者惟断桥残壁。寂寞地开，寂寞地去。孤芳有谁赏？

花而有愁，所愁者，时光飞逝，风雨无情。上片凄寂的境地，正是凸显下片梅花贞固不变品格的伏笔。

凌寒先发，本是一点迎春报春的赤诚，无意与百花争艳，胸怀坦荡，一任群花自去嫉妒。

《离骚》："不吾知其亦已兮，苟余情其信芳。"故卓人月说："末句想见劲节。"（《词统》）无论历经多少磨难，"只有香如故"，何等坚韧与自信！

梅，因其迎寒独放，受到历代文人的不断吟咏。可以说，咏物即是咏人，陆游心目中梅品，正是一己人品之象征，乃诗人理想人格之外化。上片写梅的艰难处境，重在摹景而情在其中；下片写梅谦退忠贞的品性，傲然难犯之中不免有股凄凉的身世之感。在宋代的咏梅词中，是不可多得的精品佳作。

驿	驿站，古代供信使休息之所。
更著	再加上。

niàn nú jiāo · guò dòng tíng

念奴娇·过洞庭

zhāng xiào xiáng

张孝祥

赏读

dòng tíng qīng cǎo

洞庭青草，

jìn zhōng qiū， gèng wú yì diǎn fēng sè

近中秋，更无一点风色。

> 玉宇澄清，水波不兴，读之令人洒然清爽。

yù jiàn qióng tián sān wàn qǐng

玉鉴琼田三万顷，

zhuó wǒ piān zhōu yí yè

著我扁舟一叶。

> 三万顷湖面上，安置我一叶扁舟，颇有自然造化惟供我用之意，词家豪迈气概于此可见。

sù yuè fēn huī

素月分辉，

míng hé gòng yǐng

明河共影，

biǎo lǐ jù chéng chè

表里俱澄澈。

> 水天一色，不染纤尘，真不知是天上？是人间？

yōu rán xīn huì

悠然心会，

miào chù nán yǔ jūn shuō

妙处难与君说。

> 所说已妙，更有至妙者，不可言矣。

注释

青草	青草湖，与洞庭湖相连，在洞庭湖南。
玉鉴琼田	玉镜及琼玉之田，形容月下的洞庭湖面如同美玉一般透亮晶莹。
分辉	分照着洞庭、青草两湖。
明河	银河。

yīng niàn lǐng biǎo jīng nián
应念岭表经年，
gū guāng zì zhào
孤光自照，
gān dǎn jiē bīng xuě
肝胆皆冰雪。
duǎn fà xiāo sāo jīn xiù lěng
短发萧骚襟袖冷，
wěn fàn cāng míng kōng kuò
稳泛沧溟空阔。
jìn yì xī jiāng xì zhēn běi dǒu
尽挹西江，细斟北斗，
wàn xiàng wéi bīn kè
万象为宾客。
kòu xián dú xiāo
扣舷独啸，
bù zhī jīn xī hé xī
不知今夕何夕！

赏读

虽历坎坷，我心可鉴，磊落豪迈。

“短发萧骚”，沧桑也；“稳泛沧溟”，波澜不惊矣。

壮哉！无怪乎王闿运以为该词已度越东坡的《水调歌头·中秋》：“飘飘有凌云之气，觉东坡‘水调’犹有尘心。”（《湘绮楼词选》）

这是一首典型的借景抒怀之作。上片着意写洞庭月夜之景，大处落笔，卓绝千古；下片以抒怀为主，而襟怀之阔大，吞吐万象，容纳宇宙，颇有东坡遗风。

注释

岭表经年	作者于乾道二年（1166）八月遭诬陷而被谪岭南，至此已经一年，方得北归。
孤光	月光。
冰雪	谓月光照肝胆，如冰雪般洁净。
萧骚	形容头发稀疏。
稳泛句	夜空倒映湖面，水上行舟，如游天河。
挹	舀。
万象	泛指天上所有星辰。
今夕何夕	《越人歌》：“今夕何夕兮？搴洲中流。”此语乃是感叹无以言说之情。

yáng zhōu màn huái zuǒ míng dū

扬州慢（淮左名都）

jiāng kuí

姜夔

huái zuǒ míng dū, zhú xī jiā chù,

淮左名都，竹西佳处，

jiě ān shāo zhù chū chéng.

解鞍少驻初程。

guò chūn fēng shí lǐ,

过春风十里，

jìn jì mài qīng qīng.

尽荠麦青青。

zì hú mǎ kuī jiāng qù hòu,

自胡马窥江去后，

fèi chí qiáo mù, yóu yàn yán bīng.

废池乔木，犹厌言兵。

jiàn huáng hūn,

渐黄昏，

qīng jiǎo chuī hán, dū zài kōng chéng.

清角吹寒，都在空城。

赏读

开篇仿柳永《望海潮》。而上阕以“名都”、“佳处”发端，却以“空城”作结，昔盛今衰之意，不言而喻。

自虚处传神，城池荒芜、人烟稀少的凄凉景象不言自明，杜甫有“城春草木深”之句，此引杜牧诗句，更具历史感。

陈廷焯云：“犹厌言兵四字，包括无限伤乱语，他人累千百言，亦无此韵味。”（《白雨斋词话》）

注释

淮左	扬州时属淮南东路，古代以东为左，故称淮左。
竹西	扬州城东禅智寺旁有竹西亭，杜牧诗云：“谁知竹西路，歌吹是扬州。”
初程	首次经过。
春风十里	杜牧《赠别》诗云：“春风十里扬州路，卷上珠帘总不如。”此代指扬州的街市。
胡马窥江	建炎三年（1129）及绍兴三十一年（1161），金兵两次南侵，都经扬州。扬州南临长江，故称胡马窥江。
清角	凄清的号角声。

dù láng jùn shǎng
杜郎俊赏，
suàn ér jīn, chóng dào xū jīng
算而今，重到须惊。
zòng dòu kòu cí gōng, qīng lóu mèng hǎo,
纵豆蔻词工，青楼梦好，
nán fù shēn qíng
难赋深情。
èr shí sì qiáo réng zài,
二十四桥仍在，
bō xīn dàng, lěng yuè wú shēng
波心荡，冷月无声。
niàn qiáo biān hóng yào,
念桥边红药，
nián nián zhī wèi shuí shēng
年年知为谁生？

赏读

白石词以清刚雅健著称，于此可见。

扬州自唐代以迄宋南渡以前，一直是南北水陆交通的枢纽，十分繁华兴盛，唐代杜牧曾写下许多歌咏扬州的诗篇。但宋室南渡以后，由于女真族多次南侵，扬州屡遭战乱，残破不堪。姜夔这首词是他的自度曲，写得深沉悲怆，情韵绵进，令人百读不厌。萧德藻以为本词“有黍离之悲”，信然不愧。

注释

杜郎	指杜牧。唐文宗太和七年到九年（833—835），杜牧在扬州任淮南节度使掌书记。
俊赏	俊逸清赏。钟嵘《诗品序》：“近彭城刘士章，俊赏才士。”
豆蔻	形容少女美艳。杜牧《赠别》诗有“娉娉袅袅十三余，豆蔻梢头二月初”之句。
青楼	妓院，杜牧《遣怀》诗：“十年一觉扬州梦，赢得青楼薄幸名。”
二十四桥	有二说，一说唐时扬州城内有桥二十四座，皆为可纪之名胜，见沈括《梦溪笔谈·补笔谈》；一说专指扬州西郊的吴家砖桥（一名红药桥），因古有二十四美人吹箫于此，故名，见《扬州画舫录》。杜牧《寄扬州韩绰判官》诗：“二十四桥明月夜，玉人何处教吹箫。”
红药	红色芍药。

水调歌头·与李长源游龙门
shuǐ diào gē tóu · yǔ lǐ cháng yuán yóu lóng mén

元好问
yuán hào wèn

赏读

tān shēng dàng gāo bì
滩声荡高壁，
qiū qì jìng yún lín
秋气静云林。

一“荡”一“静”，相互呼应，绘出一幅秋林水势图。壮哉！

huí tóu luò yáng chéng què
回头洛阳城阙，
chén tǔ yì hé shēn
尘土一何深。

山河秀美，回首便见战尘。悲夫！

qián rì shén guāng niú bèi
前日神光牛背，
jīn rì chūn fēng mǎ ěr
今日春风马耳，
yīn jiàn gǔ rén xīn
因见古人心。
yí xiào qīng shān dǐ
一笑青山底，
wèi shòu èr máo qīn
未受二毛侵。

“前日”三句皆是劝勉友人李长源之语，劝其莫受外界干扰，不要计较世俗议论。以眼前风景之趣喻人生处世之道，由景道情，极其自然。

注释

神光牛背	典出《世说新语·雅量》。言晋人王衍为族人所辱，以肴盒掷其面，不以为意，盥洗毕，牵王丞相（王导）臂，与共载去。在车中照镜语丞相曰：“汝在我眼光，乃出牛背上。”言自己风神英俊，不与他人计较。
春风马耳	李白诗云：“世人闻此皆掉头，有如东风射马耳。”言对外界议论漠然视之无所动心，如过耳旁风。
二毛	有白发间于黑发者，《左传·僖公二十二年》，宋襄公曰：“君子不重伤，不禽二毛。”未受二毛侵，即年龄未老。

wèn lóng mén
问龙门，
hé suǒ sì
何所似？
sì shān yīn
似山阴。
píng shēng mèng xiǎng jiā chù
平生梦想佳处，
liú yǎn gèng dēng lín
留眼更登临。
wǒ yǒu yì zhī fāng jiǔ
我有一卮芳酒，
huàn qǔ shān huā shān niǎo
唤取山花山鸟，
bàn wǒ zuì shí yín
伴我醉时吟。
hé bì sī yǔ zhú
何必丝与竹，
shān shuǐ yǒu qīng yīn
山水有清音。

赏读

此指龙门景色之美，令人目不暇接。

更见景物迷人，乃平生梦想之地。

遗山词近苏辛，豪迈雄放，尤似稼轩，喜驱遣典故而不失自然，若自己出。该词上阕主在劝勉友人，即景抒怀；下片言龙门胜景，梦寐以求，应在山水间找到自己的乐趣。语句清新自然，古朴雅致，自然率真。对现实美景的赞叹，对友人的激励劝勉，极其自然融而为一，显示出作者的独到之处。正如清人邹祗谟所言“诗语入词，词语入曲，善用之即是出处，袭而愈工。”

注释

山阴	《世说新语·言语》载王子敬云：“从山阴道上行，山川自相映发，使人应接不暇。”
“留眼”句	杜甫诗：“船经一柱观，留眼共登临。”
卮	圆形酒器。

niàn nú jiāo · dēng shí tóu chéng
念奴娇·登石头城

sà dū là
萨都剌

赏读

shí tóu chéng shàng wàng tiān dī
石头城上望天低，

wú chǔ yǎn kōng wú wù
吴楚眼空无物。

天低因城高也，“眼空无物”，不知此老胸中丘壑几许！

zhǐ diǎn liù cháo xíng shèng dì
指点六朝形胜地，

wéi yǒu qīng shān rú bì
唯有青山如壁。

历史的见证。

bì rì jīng qí lián yún qiáng lú
蔽日旌旗，连云樯栌，

bái gǔ fēn rú xuě
白骨纷如雪。

历代争战场景仿佛目前。

yì jiāng nán běi
一江南北，

xiāo mó duō shǎo háo jié
消磨多少豪杰。

无尽沧桑。

注释

石头城	指金陵，今南京清凉山一带。
吴楚	金陵地处吴楚交接地带，旧有“吴头楚尾”之说。
樯栌	舰船。

赏读

jì mò bì shǔ lí gōng
寂寞避暑离宫，

dōng fēng niǎn lù
东风辇路，

fāng cǎo nián nián fā
芳草年年发。

luò rì wú rén sōng jìng lǐ
落日无人松径里，

guǐ huǒ gāo dī míng miè
鬼火高低明灭。

gē wǔ zūn qián， fán huá jìng lǐ
歌舞樽前，繁华镜里，

àn huàn qīng qīng fà
暗换青青发。

shāng xīn qiān gǔ
伤心千古，

qín huái yí piàn míng yuè
秦淮一片明月。

昔时繁华宫殿，于今惟有鬼火。

该词步和苏轼《念奴娇·赤壁怀古》原韵，但丝毫没有凝滞感，思笔流畅，不为原词所限，是一篇成功的和词。上阕下片一气连贯，上阕鸟瞰俯视，大气包举，俯仰古今；下阕则细处入笔，由对世事的感伤而叹怀自我之身世，透出不胜悲凉之感。

辇路	御道，为皇帝专用。

chén qíng biǎo
陈情表

lǐ mì
李密

chén mì yán chén yǐ xiǎn xìn sù zāo mǐn
臣密言：“臣以险衅，夙遭闵

xiōng shēng hái liù yuè cí fù jiàn bèi xíng nián sì
凶。生孩六月，慈父见背；行年四

suì jiù duó mǔ zhì zǔ mǔ liú mǐn chén gū ruò
岁，舅夺母志。祖母刘悯臣孤弱，

gōng qīn fǔ yǎng chén shào duō jí bìng jiǔ suì bù xíng
躬亲抚养。臣少多疾病，九岁不行。

líng dīng gū kǔ zhì yú chéng lì jì wú bó shū
零丁孤苦，至于成立。既无伯叔，

zhōng xiǎn xiōng dì mén shuāi zuò bó wǎn yǒu ér xī wài
终鲜兄弟。门衰祚薄，晚有儿息。外

wú jī gōng qiáng jìn zhī qīn nèi wú yìng mén wǔ chǐ zhī
无期功强近之亲，内无应门五尺之

注释

险衅	艰难祸患，指命运不好。
夙	早时，小时候。
闵凶	忧患不幸。闵，通“悯”。
生孩	刚生下地。
见背	弃我而死去。
行年	经历的年岁。
舅夺母志	舅父强逼母亲改变原想守节的意志，改嫁他人。
悯	怜悯。
九	虚指。

不行	不能走路，这里指柔弱。
成立	成人自立。
鲜	少。这里是没有。
祚	福份。
外无期功强近之亲	没有什么近亲。期，穿一年孝服的人；功，穿大功服（九个月）、小功服（五个月）的亲族。强近，较为亲近。

tóng qióng qióng jié lì xíng yǐng xiāng diào ér liú sù yīng
僮，茕茕孑立，形影相吊。而刘夙婴
jí bìng cháng zài chuáng rù chén shì tāng yào wèi céng fèi
疾病，常在床蓐；臣侍汤药，未曾废
lí
离。

dài fèng shèng cháo mù yù qīng huà qián tài shǒu
“逮奉圣朝，沐浴清化。前太守
chén kuí chá chén xiào lián hòu cì shǐ chén róng jǔ chén xiù
臣逵察臣孝廉；后刺史臣荣举臣秀
cái chén yǐ gōng yǎng wú zhǔ cí bú fù mìng zhào shū
才。臣以供养无主，辞不赴命。诏书
tè xià bài chén láng zhōng xún méng guó ēn chú chén xiǎn
特下，拜臣郎中。寻蒙国恩，除臣洗
mǎ wěi yǐ wēi jiàn dāng shì dōng gōng fēi chén yǔn shǒu
马。猥以微贱，当侍东宫，非臣陨首
suǒ néng shàng bào chén jù yǐ biǎo wén cí bú jiù zhí
所能上报。臣具以表闻，辞不就职。

注释

茕茕孑立	孤单无依靠。
夙婴疾病	早被疾病缠绕。
蓐	通“褥”，垫子。
清化	清明的教化。
察	考察和推举。
秀才	汉代以来选拔人才的一种察举科目。与后代含义不同。

供养无主	供养祖母之事没人来做。
寻	不久。
除	授予官职。
洗马	太子侍从官。
猥	自谦之词，相当于“我”。
陨首	头落地。意为杀身也难报厚恩。
具以表闻	在奏表中一一呈报。

zhào shū qiè jùn, zé chén bū màn. jùn xiàn bī pò, cuī

诏书切峻，责臣逋慢。郡县逼迫，催

chén shàng dào; zhōu sī lín mén, jí yú xīng huǒ. chén yù

臣上道；州司临门，急于星火。臣欲

fèng zhào bēn chí, zé liú bìng rì dǔ; yù gǒu shùn sī

奉诏奔驰，则刘病日笃；欲苟顺私

qíng, zè gào sù bù xǔ. chén zhī jìn tuì, shí wéi láng

情，则告诉不许。臣之进退，实为狼

bèi

狈。

fú wéi shèng cháo yǐ xiào zhì tiān xià. fán zài

“伏惟圣朝以孝治天下。凡在

gù lǎo, yóu méng jīn yù; kuàng chén gū kǔ, tè wéi yóu

故老，犹蒙矜育；况臣孤苦，特为尤

shèn. qiě chén shào shì wěi cháo, lì zhí láng shǔ, běn tú

甚。且臣少仕伪朝，历职郎署，本图

huàn dá, bù jīn míng jié. jīn chén wáng guó jiàn fú, zhì

宦达，不矜名节。今臣亡国贱俘，至

注释

切峻	急切严厉。
逋慢	逃脱、怠慢。
星火	流星的光。
刘病日笃	祖母刘氏一天比一天病重。
告诉不许	申诉不被允许。告诉，申诉苦衷。
狼狈	进退两难。
伏惟	下级对上级的恭敬语。俯伏思量。
矜育	怜惜养育。
伪朝	被晋灭掉的蜀国。
本图宦达	本来就打算做官使自己地位显达。
不矜名节	并不想自命清高。

wēi zhì lòu guò méng bá zhuó chǒng mìng yōu wò qǐ gǎn
微至陋。过蒙拔擢，宠命优渥，岂敢
pán huán yǒu suǒ xī jì dàn yǐ liú rì bó xī shān
盘桓，有所希冀。但以刘日薄西山，
qì xī yǎn yǎn rén mìng wēi qiǎn zhāo bú lǜ xī chén
气息奄奄，人命危浅，朝不虑夕。臣
wú zǔ mǔ wú yǐ zhì jīn rì zǔ mǔ wú chén wú
无祖母，无以至今日；祖母无臣，无
yǐ zhōng yú nián mǔ sūn èr rén gèng xiāng wéi mìng shì
以终馀年。母孙二人，更相为命。是
yǐ qū qū bù néng fèi yuǎn
以区区不能废远。

chén mì jīn nián sì shí yòu sì zǔ mǔ jīn
“臣密今年四十有四，祖母今
nián jiǔ shí yòu liù shì chén jìn jié yú bì xià zhī rì
年九十有六，是臣尽节于陛下之日
cháng bào yǎng liú zhī rì duǎn yě wū niǎo sī qíng
长，报养刘之日短也。乌鸟私情，
yuàn qǐ zhōng yǎng chén zhī xīn kǔ fēi dú shǔ zhī rén
愿乞终养。臣之辛苦，非独蜀之人

注释

过蒙拔擢	受到过分的提拔。
优渥	优厚。
希冀	希望，这里指非分的愿望。
危浅	活不长。
更相为命	相依为命。更相，交互。
区区	我，李密谦称。

废远	抛弃祖母，停止奉养而远离。
乌鸟私情	乌鸦反哺，比喻人的孝心。
愿乞终养	愿请求把祖母奉养到最后。

士，及二州牧伯，所见明知；皇天后土，实所共鉴。愿陛下矜悯愚诚，听臣微志。庶刘侥幸，保卒馀年。臣生当陨首，死当结草。臣不胜犬马怖惧之情，谨拜表以闻。”

shì jí èr zhōu mù bó suǒ jiàn míng zhī huáng tiān hòu tǔ shí suǒ gòng jiàn yuàn bì xià jīn mǐn yú chéng tīng chén wēi zhì shù liú jiǎo xìng bǎo zú yú nián chén shēng dāng yǔn shǒu sǐ dāng jié cǎo chén bú shèng quǎn mǎ bù jù zhī qíng jǐn bài biǎo yǐ wén

注释

牧	古代称州的长官。
所见明知	明明白白知道的。
矜悯	怜惜。
愚诚	谦指己之诚意衷情。
庶刘侥幸，保卒馀年	也许刘氏因此有幸，保全她寿终。
拜表	恭敬叩拜呈上表章。

赏读

李密三国时曾仕蜀汉，蜀亡后晋武帝征他做太子洗马时，他写了这篇表，层层推进言明自己需陪伴祖母，不能应召的理由。写祖母从“夙婴疾病，常在床蓐”到病情“日笃”进而“日薄西山，气息奄奄，人命危浅，朝不虑夕”。读来言辞恳切，使人动容，不得不感念作者全孝之诚。

lán tíng jí xù
兰亭集序

wáng xī zhī
王羲之

yǒng hé jiǔ nián suì zài guǐ chǒu mù chūn zhī
永和九年，岁在癸丑，暮春之

chū huì yú kuài jī shān yīn zhī lán tíng xiū xì shì
初，会于会稽山阴之兰亭，修禊事

yě qún xián bì zhì shào zhǎng xián jí cǐ dì yǒu
也。群贤毕至，少长咸集。此地有

chóng shān jùn lǐng mào lín xiū zhú yòu yǒu qīng liú jī
崇山峻岭，茂林修竹，又有清流激

tuān yìng dài zuǒ yòu yǐn yǐ wéi liú shāng qū shuǐ
湍，映带左右，引以为流觞曲水，

liè zuò qí cì suī wú sī zhú guǎn xián zhī shèng
列坐其次。虽无丝竹管弦之盛，

yì shāng yì yǒng yì zú yǐ chàng xù yōu qíng shì rì
一觞一咏，亦足以畅叙幽情。是日

yě tiān lǎng qì qīng huì fēng hé chàng yǎng guān yǔ
也，天朗气清，惠风和畅，仰观宇

注释

永和九年	永和为东晋穆帝年号，九年是公元353年。
会	会集。
会稽	郡名。
山阴	县名。
修禊	古代传统，每年三月三日于郊外水边沐浴以祓除不祥，宴饮游乐。修，举行；禊，祓禊。
映带	景物互相衬托。
流觞	以小耳杯盛酒，顺水而流，流至谁面前谁就可以取而饮之。
列坐其次	排列而坐在曲水旁。次，旁边。
一觞一咏	喝点酒，作点诗。
幽情	深藏心中的情怀。

zhòu zhī dà fǔ chá pǐn lèi zhī shèng suǒ yǐ yóu mù
宙之大，俯察品类之盛，所以游目

chěng huái zú yǐ jí shì tīng zhī yú xìn kě lè
骋怀，足以极视听之娱，信可乐

yě fú rén zhī xiāng yǔ fǔ yǎng yī shì huò qǔ
也。夫人之相与，俯仰一世，或取

zhū huái bào wù yán yí shì zhī nèi huò yīn jì suǒ
诸怀抱，悟言一室之内；或因寄所

tuō fàng làng xíng hái zhī wài suī qǔ shě wàn shū
托，放浪形骸之外。虽趣舍万殊，

jìng zào bù tóng dāng qí xīn yú suǒ yù zàn dé
静躁不同，当其欣于所遇，暂得

yú jǐ kuài rán zì zú bù zhī lǎo zhī jiāng zhì
于己，快然自足，不知老之将至；

jí qí suǒ zhī jì juàn qíng suí shì qiān gǎn kǎi xì
及其所之既倦，情随事迁，感慨系

zhī yǐ xiàng zhī suǒ xīn fǔ yǎng zhī jiān yǐ wéi
之矣。向之所欣，俯仰之间，已为

注释

惠风	和风。
品类	万物种类。指自然界万物。
极视听之娱	（欣赏宇宙之大，万物之盛）极尽视听的乐趣。
相与	相交游。
俯仰一世	很快就过一生。
悟言	坦诚交谈，想见对谈。悟，通“晤”。
取诸怀抱句	与友人在室内畅谈抱负。

因寄所托句	把情怀寄托在自己的爱好上，自由不受约束地生活。
形骸	躯体。
趣舍万殊	取舍不同，各有各的爱好。趣，通“取”。
欣于所遇	对遇到的事物感到高兴。
暂得于己	一时感到自得。
所之	所到，所经历也。
感慨系之	感慨随事物变化而产生。

chén jì yóu bù néng bù yǐ zhī xīng huái kuàng xiū duǎn
陈迹，犹不能不以之兴怀。况修短
suí huà zhōng qī yú jìn gǔ rén yún sǐ shēng
随化，终期于尽。古人云：“死生
yì dà yǐ qǐ bú tòng zāi měi lǎn xī rén xīng
亦大矣。”岂不痛哉！每览昔人兴
gǎn zhī yóu ruò hé yí qì wèi cháng bù lín wén jiē
感之由，若合一契，未尝不临文嗟
dào bù néng yù zhī yú huái gù zhī yī sǐ shēng wéi
悼，不能喻之于怀。固知一死生为
xū dàn qí péng shāng wéi wàng zuò hòu zhī shì jīn
虚诞，齐彭殇为妄作。后之视今，
yì yóu jīn zhī shì xī bēi fú gù liè xù shí
亦犹今之视昔。悲夫！故列叙时
rén lù qí suǒ shù suī shì shū shì yì suǒ yǐ
人，录其所述，虽世殊事异，所以
xīng huái qí zhì yī yě hòu zhī lǎn zhě yì jiāng
兴怀，其致一也。后之览者，亦将
yǒu gǎn yú sī wén
有感于斯文。

注释

向之所欣句	从前感到高兴的，很快就成了陈迹，让人不能不心有感触。
修短随化	寿命长短，听凭造化。化，自然，造化。
死生亦大矣	《庄子·德充符》引孔子语，意谓生死对人来说是一件大事。
契	契为古代信物，分左右两半，各执其一，相合以取信。
临文嗟悼句	读古人文章时叹息哀伤，也说不出什么原因。
一死生、齐彭殇	皆庄子学派的观念，认为人之生死寿夭都是一样的。彭，彭祖，古之长寿者；殇，殇子，夭折之人。
列叙时人	一个一个记下当时与会的人。
其致一也	人们的思想情趣是一样的。

bié fù
别赋

jiāng yān
江淹

àn rán xiāo hún zhě， wéi bié ér yǐ yǐ。
黯然销魂者，唯别而已矣。

kuàng qíng wú xī jué guó， fù yān sòng xī qiān lǐ。
况秦吴兮绝国，复燕宋兮千里。

huò chūn tái xī shǐ shēng， zhà qiū fēng xī zàn qǐ。
或春苔兮始生，乍秋风兮暂起。

shì yǐ xíng zǐ cháng duàn， bǎi gǎn qī cè。 fēng xiāo xiāo
是以行子肠断，百感凄恻。风萧萧

ér yì xiǎng， yún màn màn ér qí sè。 zhōu níng zhì
而异响，云漫漫而奇色。舟凝滞

yú shuǐ bīn， chē wēi chí yú shān cè。 zhào róng yǔ ér
于水滨，车逶迟于山侧。棹容与而

jù qián， mǎ hán míng ér bù xī。 yǎn jīn shāng ér
讵前，马寒鸣而不息。掩金觞而

注释

黯然销魂	形容极度悲伤愁苦。
秦吴、燕宋	秦、吴分在东西，燕、宋远隔南北，古代交通不便，别离后难见。
春苔、秋风	春来秋至最易使离别之人感伤。
行子	远行的人。
凄恻	凄凉悲切。
异响、奇色	感觉声响、颜色特别。写因离别而觉风云变色。
凝滞	停留不前的样子。
逶迟	绵延迂回的样子。
棹	桨，代指船。
容与	不前进。
讵前	不前。讵，岂。
觞	酒杯。

shuí yù héng yù zhù ér zhān shì jū rén chóu wò
谁御，横玉柱而沾轼。居人愁卧，

huǎng ruò yǒu wáng rì xià bì ér chén cǎi yuè shàng xuān
怳若有亡。日下壁而沉彩，月上轩

ér fēi guāng jiàn hóng lán zhī shòu lù wàng qīng qiū zhī
而飞光。见红兰之受露，望青楸之

lí shuāng xún céng yíng ér kōng yǎn fǔ jǐn mù ér xū
离霜。巡层楹而空掩，抚锦幕而虚

liáng zhī lí mèng zhī zhí zhú yì bié hún zhī fēi yáng
凉。知离梦之踯躅，意别魂之飞扬。

gù bié suī yí xù shì nǎi wàn zú zhì ruò lóng mǎ
故别虽一绪，事乃万族：至若龙马

yín ān zhū xuān xiù zhóu zhàng yǐn dōng dū sòng kè jīn
银鞍，朱轩绣轴，帐饮东都，送客金

注释

御	进用。
柱	系弦之木，借指乐器。
沾	泪水浸湿。
轼	车前横木。
居人	居家之人，与行人相对。
有亡	有所失。
下壁	日光从墙上消失。
红兰	秋天的菊花。
楸	乔木名。见春木秋花皆感悲伤。
离	通“罹”，遭。
巡	一边走一边看。
层	高
楹	指房屋。
掩	关闭。指关门。
幕	帷帐。
空掩、虚凉	写居人感到人去楼空，不觉悲凉。
踯躅	徘徊。
飞扬	游子魂魄向故乡飞扬。
东都	长安城门名。
金谷	在洛阳西北，石崇在此建金谷园。

赏读

富贵者的离别

gǔ　qín yǔ zhāng xī xiāo gǔ chén　yān zhào
谷。琴羽张兮箫鼓陈，燕赵
gē xī shāng měi rén　zhū yǔ yù xī yàn mù
歌兮伤美人。珠与玉兮艳暮
qiū　luó yǔ qǐ xī jiāo shàng chūn　jīng sì mǎ
秋，罗与绮兮娇上春。惊驷马
zhī yǎng mò　sǒng yuān yú zhī chì lín　zào fēn
之仰秣，耸渊鱼之赤鳞。造分

剑客的离别

shǒu ér xián tì　gǎn jì mò ér shāng shén　nǎi
手而衔涕，感寂寞而伤神。乃
yǒu jiàn kè cán ēn　shào nián bào shì　hán guó
有剑客惭恩，少年报士。韩国
zhào cè　wú gōng yān shì　gē cí rěn ài
赵厕，吴宫燕市，割慈忍爱，
lí bāng qù lǐ　lì qì gòng jué　wèn xuè xiāng
离邦去里。沥泣共诀，抆血相
shì　qū zhēng mǎ ér bú gù　jiàn xíng chén zhī
视。驱征马而不顾，见行尘之
shí qǐ　fāng xián gǎn yú yí jiàn　fēi mǎi jià
时起。方衔感于一剑，非买价

注释

琴羽张	琴奏羽声。指弹奏。羽，五声之一。
伤美人	使美人伤感。
惊驷马句	（音乐声）使正吃草料的马也仰起头，使深渊中的鱼也浮上水面来听。
造	到。
衔涕	含着眼泪。
韩国、赵厕、吴宫、燕市	分指聂政为严仲子刺韩相侠累、豫让为智伯刺赵襄子、专诸为吴公子光刺吴王僚、荆轲为燕太子丹刺秦王政。
抆	擦拭。

yú quán lǐ jīn shí zhèn ér sè biàn gǔ
于泉里。金石震而色变，骨

ròu bēi ér xīn sǐ huò nǎi biān jùn wèi hé
肉悲而心死。或乃边郡未和，

fù yǔ cóng jūn liáo shuǐ wú jí yàn shān
负羽从军。辽水无极，雁山

cān yún guī zhōng fēng nuǎn mò shàng cǎo xūn
参云。闺中风暖，陌上草薰。

rì chū tiān ér yào jǐng lù xià dì ér téng
日出天而曜景，露下地而腾

wén jìng zhū chén zhī zhào làn xí qīng qì zhī yān
文。镜朱尘之照烂，袭青气之烟

yūn pān táo lǐ xī bù rěn bié sòng ài zǐ
煴。攀桃李兮不忍别，送爱子

xī zhān luó qún zhì rú yí fù jué guó
兮沾罗裙。至如一赴绝国，

jù xiāng jiàn qī shì qiáo mù xī gù lǐ jué
讵相见期？视乔木兮故里，决

赏读

春光明媚时从军者的离别

远赴绝国的离别

注释

衔感句	刺客为感激知遇之恩去行刺，并非要以死来换取声名。泉，黄泉。
负羽	背箭。
薰	香气。
曜景	闪耀着光辉。景，日光。
腾文	草木上的露珠在阳光下闪耀光彩。
镜朱尘句	写日光照耀下，尘埃灿烂，春气旺盛。
绝国	绝远之国。
乔木	高大的树木。指见树则思故乡。

赏读

北梁兮永辞。左右兮魂动，亲宾兮泪滋。可班荆兮赠恨，唯樽酒兮叙悲。值秋雁兮飞日，当白露兮下时。怨复怨兮远山曲，去复去兮长河湄。又若君居淄右，妾家河阳，同琼珮之晨照，共金炉之夕香。君结绶兮千里，惜瑶草之徒芳。惭幽闺之琴瑟，晦高台之流黄。

夫妻的离别

注释

梁	河梁，小桥。
左右	身边人。
泪滋	泪水流个不停。
班荆	《左传》载楚人声子与伍举都要到晋国去，在郑国郊外相遇，布荆坐其上，相与食。此指他乡遇故人，更增别恨。
湄	岸边，水草交处。
同琼珮句	追忆离别前的幸福。
结绶	此谓将出仕作官，绶是系官印的丝带。
瑶草	香草。这里比喻少妇自伤青春独处。
流黄	指高台上的帷幕。因怕登高远眺伤怀，而长垂帷幕，而使颜色晦暗不明。

chūn gōng bì cǐ qīng tái sè qiū zhàng hán zī
春宫闷此青苔色，秋帐含兹

míng yuè guāng xià diàn qīng xī zhòu bú mù dōng
明月光。夏簟清兮昼不暮，冬

gāngníng xī yè hé cháng zhī jǐn qǔ xī qì
釭凝兮夜何长！织锦曲兮泣

yǐ jìn huí wén shī xī yǐng dú shāng tǎng yǒu
已尽，回文诗兮影独伤。傥有

huà yīn shàng shì fú shí huán shān shù jì miào
华阴上士，服食还山。术既妙

ér yóu xué dào yǐ jì ér wèi chuán shǒu dān
而犹学，道已寂而未传。守丹

zào ér bú gù liàn jīn dǐng ér fāng jiān
灶而不顾，炼金鼎而方坚。

jià hè shàng hàn cān luán téng tiān zàn yóu wàn
驾鹤上汉，骖鸾腾天。暂游万

lǐ shǎo bié qiān nián wéi shì jiān xī zhòng
里，少别千年。惟世间兮重

学道成仙人的离别

注释

青苔色、明月光	指少妇孤独只有青苔、明月相伴。
闷	闭。
夏簟句	指少妇嫌夏天白天太长、冬天长夜难熬。簟，席子。
釭	油灯。
织锦曲、回文诗	前秦时窦滔背妻苏蕙再娶。苏氏织锦以赠之，上织有回文诗，纵横反复皆成章句，语极凄恻而含规谏。

傥	同"倘"，或。
术既妙句	方士虽已道术高超但仍未得真传，继续修炼。
丹灶	炼丹的炉灶。
金鼎	炼丹的鼎炉。
方坚	意志正坚。
惟世间句	写世人重离别，成仙飞升仍不舍和世人告别。

bié xiè zhǔ rén xī yī rán xià yǒu sháo yào
别，谢主人兮依然。下有芍药

zhī shī jiā rén zhī gē sāng zhōng wèi nǚ
之诗，佳人之歌。桑中卫女，

恋人的离别

shàng gōng chén é chūn cǎo bì sè chūn shuǐ
上宫陈娥。春草碧色，春水

lù bō sòng jūn nán pǔ shāng rú zhī hé
渌波。送君南浦，伤如之何！

zhì nǎi qiū lù rú zhū qiū yuè rú guī
至乃秋露如珠，秋月如珪。

míng yuè bái lù guāng yīn wǎng lái yǔ zǐ zhī
明月白露，光阴往来。与子之

bié sī xīn pái huái shì yǐ bié fāng bú
别，思心徘徊。是以别方不

种种离愁，实难描绘。

dìng bié lǐ qiān míng yǒu bié bì yuàn yǒu
定，别理千名，有别必怨，有

yuàn bì yíng shǐ rén yì duó shén hài xīn zhé
怨必盈，使人意夺神骇，心折

注释

芍药之诗	《诗经·溱洧》："维士与女，伊其相谑，赠之以芍药。"
佳人之歌	汉李延年诗："北方有佳人，绝世而独立。"喻恋爱。
桑中、上宫	均为约会之地。
珪	同"圭"，古代的一种玉制礼器，比喻月亮像玉一样皎洁。
盈	充盈。悲伤之极。

gǔ jīng suī yuān yún zhī mò miào yán lè zhī
骨惊。虽渊云之墨妙，严乐之
bǐ jīng jīn guī zhī zhū yàn lán tái zhī qún
笔精，金闺之诸彦，兰台之群
yīng fù yǒu líng yún zhī chēng biàn yǒu diāo lóng
英，赋有凌云之称，辩有雕龙
zhī shēng shuí néng mó zàn lí zhī zhuàng xiě yǒng
之声，谁能摹暂离之状，写永
jué zhī qíng zhě hū
诀之情者乎？

渊、云	汉王褒，字子渊；扬雄，字子云。二人善辞赋。
严、乐	严安、徐乐，二人是汉代著名文章家。
金闺	金马门，汉官署名，学士待诏之处。
彦	贤士。

兰台	汉藏书之所，后设兰台令史，典理书籍。
凌云	《史记》载司马相如上《大人赋》，武帝读后飘飘有凌云之气。此喻赋之精妙。
雕龙	《史记》载齐人驺衍、驺奭善辩，人称“谈天衍、雕龙奭”。此谓辩才无碍。

shī shuō
师说

hán yù
韩愈

gǔ zhī xué zhě bì yǒu shī shī zhě suǒ yǐ
古之学者必有师。师者，所以
chuán dào shòu yè jiě huò yě rén fēi shēng ér zhī zhī
传道受业解惑也。人非生而知之
zhě shú néng wú huò huò ér bù cóng shī qí wéi
者，孰能无惑？惑而不从师，其为
huò yě zhōng bù jiě yǐ shēng hū wú qián qí wén
惑也，终不解矣。生乎吾前，其闻
dào yě gù xiān hū wú wú cóng ér shī zhī shēng hū
道也固先乎吾，吾从而师之；生乎
wú hòu qí wén dào yě yì xiān hū wú wú cóng ér
吾后，其闻道也亦先乎吾，吾从而
shī zhī wú shī dào yě fú yōng zhī qí nián zhī xiān
师之。吾师道也，夫庸知其年之先
hòu shēng yú wú hū shì gù wú guì wú jiàn wú zhǎng
后生于吾乎？是故无贵无贱，无长
wú shào dào zhī suǒ cún shī zhī suǒ cún yě
无少，道之所存，师之所存也。

注释

所以	用来……的。	师之	以他为老师。
受	通“授”，传授。	师道	学习道理。
生而知之	生下来就懂得道理。	庸	哪，岂。
其为惑也	那些成为疑难问题的。	道之所存，师之所存	谁懂得道理，谁就是自己的老师。
乎	相当于“于”。		

jiē hū shī dào zhī bù chuán yě jiǔ yǐ yù
嗟乎！师道之不传也久矣！欲
rén zhī wú huò yě nán yǐ gǔ zhī shèng rén qí chū
人之无惑也难矣！古之圣人，其出
rén yě yuǎn yǐ yóu qiě cóng shī ér wèn yān jīn zhī
人也远矣，犹且从师而问焉；今之
zhòng rén qí xià shèng rén yě yì yuǎn yǐ ér chǐ xué
众人，其下圣人也亦远矣，而耻学
yú shī shì gù shèng yì shèng yú yì yú shèng rén
于师。是故圣益圣，愚益愚。圣人
zhī suǒ yǐ wéi shèng yú rén zhī suǒ yǐ wéi yú
之所以为圣，愚人之所以为愚，
qí jiē chū yú cǐ hū ài qí zǐ zé shī ér jiào
其皆出于此乎？爱其子，择师而教
zhī yú qí shēn yě zé chǐ shī yān huò yǐ
之；于其身也，则耻师焉，惑矣。
bǐ tóng zǐ zhī shī shòu zhī shū ér xí qí jù dòu
彼童子之师，授之书而习其句读
zhě yě fēi wú suǒ wèi chuán qí dào jiě qí huò zhě
者也，非吾所谓传其道解其惑者

注释

出人	超出（一般）人。
下	低于。
圣益圣	圣人更加圣明。
于其身	对他自己。
耻师	以从师为耻。

惑	糊涂。
句读	古书诵读，短暂之停顿曰读，稍长之停顿曰句。古书无断句，故断句为读书入门必修之基本功，称句读。

yě jù dòu zhī bù zhī huò zhī bù jiě huò shī
也。句读之不知，惑之不解，或师

yān huò fǒu yān xiǎo xué ér dà yí wú wèi jiàn
焉，或不焉，小学而大遗，吾未见

qí míng yě wū yī yuè shī bǎi gōng zhī rén bù chǐ
其明也。巫医乐师百工之人，不耻

xiāng shī shì dà fū zhī zú yuē shī yuē dì zǐ yún
相师。士大夫之族，曰师曰弟子云

zhě zé qún jù ér xiào zhī wèn zhī zé yuē
者，则群聚而笑之。问之，则曰：

bǐ yǔ bǐ nián xiāng ruò yě dào xiāng sì yě wèi
“彼与彼年相若也，道相似也，位

bēi zé zú xiū guān shèng zé jìn yú wū hū
卑则足羞，官盛则近谀。”呜呼！

shī dào zhī bú fù kě zhī yǐ wū yī yuè shī bǎi
师道之不复，可知矣。巫医乐师百

gōng zhī rén jūn zǐ bù chǐ jīn qí zhì nǎi fǎn bù
工之人，君子不齿，今其智乃反不

néng jí qí kě guài yě yú
能及，其可怪也欤？

注释

小学而大遗	小的方面要学习，大的方面却放弃了。
族	类。
曰师曰弟子云者	称“老师”称“弟子”的。
年相若	年龄差不多。
位卑句	以地位低的人为师，就感到耻辱，以官职高的人为师，就近乎谄媚。
复	恢复。
不齿	不屑一提，意思是看不起。

shèng rén wú cháng shī kǒng zǐ shī tán zǐ cháng
圣人无常师。孔子师郯子、苌
hóng shī xiāng lǎo dān tán zǐ zhī tú qí xián
弘、师襄、老聃。郯子之徒，其贤
bù jí kǒng zǐ kǒng zǐ yuē sān rén xíng zé bì
不及孔子。孔子曰：三人行，则必
yǒu wǒ shī shì gù dì zǐ bù bì bú rú shī shī
有我师。是故弟子不必不如师，师
bú bì xián yú dì zǐ wén dào yǒu xiān hòu shù yè
不必贤于弟子，闻道有先后，术业
yǒu zhuān gōng rú shì ér yǐ
有专攻，如是而已。

lǐ shì zǐ pán nián shí qī hào gǔ wén
李氏子蟠，年十七，好古文，
liù yì jīng zhuàn jiē tōng xí zhī bù jū yú shí
六艺经传皆通习之，不拘于时，
xué yú yú yú jiā qí néng xíng gǔ dào zuò shī
学于余。余嘉其能行古道，作《师
shuō yǐ yí zhī
说》以贻之。

注释

常师	固定的老师。
郯子	郯国国君，孔子曾向他请教少昊氏以鸟为官名的问题。
苌弘	周敬王大夫，孔子曾向他问乐。
师襄	鲁乐官，孔子曾向他学琴。
老聃	即老子，孔子曾向他学礼。
之徒	这些人。
不必	不一定。
术业有专攻	学术技艺上各有各的专门研究。
不拘于时	不受时俗的限制。
贻	赠送。

zuì wēng tíng jì
醉翁亭记

ōu yáng xiū
欧阳修

huán chú jiē shān yě qí xī nán zhū fēng
环滁皆山也。其西南诸峰，
lín hè yóu měi wàng zhī wèi rán ér shēn xiù zhě
林壑尤美。望之蔚然而深秀者，
láng yá yě shān xíng liù qī lǐ jiàn wén shuǐ shēng
琅琊也。山行六七里，渐闻水声
chán chán ér xiè chū yú liǎng fēng zhī jiān zhě niàng quán
潺潺而泻出于两峰之间者，酿泉
yě fēng huí lù zhuǎn yǒu tíng yì rán lín yú quán
也。峰回路转，有亭翼然临于泉
shàng zhě zuì wēng tíng yě zuò tíng zhě shuí shān zhī
上者，醉翁亭也。作亭者谁？山之
sēng zhì xiān yě míng zhī zhě shuí tài shǒu zì wèi
僧智仙也。名之者谁？太守自谓
yě tài shǒu yǔ kè lái yǐn yú cǐ yǐn shǎo zhé
也。太守与客来饮于此，饮少辄
zuì ér nián yòu zuì gāo gù zì hào yuē zuì
醉，而年又最高，故自号曰“醉

注释

环滁	环绕着滁州。滁，滁州，今安徽滁州。
蔚然而深秀者	树木茂盛，又幽深又秀丽的。
翼然	像鸟翼一样翩然有飞翔之姿。
临	靠近。
太守自谓	太守用自己的别号（醉翁）来命名。

wēng yě zuì wēng zhī yì bú zài jiǔ zài hū
翁”也。醉翁之意不在酒，在乎
shān shuǐ zhī jiān yě shān shuǐ zhī lè dé zhī xīn
山水之间也。山水之乐，得之心
ér yù zhī jiǔ yě
而寓之酒也。

ruò fú rì chū ér lín fēi kāi yún guī
若夫日出而林霏开，云归
ér yán xué míng huì míng biàn huà zhě shān jiān zhī
而岩穴暝，晦明变化者，山间之
zhāo mù yě yě fāng fā ér yōu xiāng jiā mù xiù
朝暮也。野芳发而幽香，佳木秀
ér fán yīn fēng shuāng gāo jié shuǐ luò ér shí chū
而繁阴，风霜高洁，水落而石出
zhě shān jiān zhī sì shí yě zhāo ér wǎng mù ér
者，山间之四时也。朝而往，暮而
guī sì shí zhī jǐng bù tóng ér lè yì wú qióng
归，四时之景不同，而乐亦无穷
yě zhì yú fù zhě gē yú tú xíng zhě xiū yú
也。至于负者歌于途，行者休于

注释

意	情趣。	暝	昏暗。
山水之乐句	欣赏山水的乐趣，领会在心里，寄托在酒上。	晦明变化	或明或暗，变化不一。
		秀	开花，这里指滋长。
林霏开	林间雾气散了。	风霜高洁	风高霜洁，天高气爽。
云归	烟云聚拢。	负者	背着东西的人。

shù qián zhě hū hòu zhě yìng yǔ lǚ tí xié
树，前者呼，后者应，伛偻提携，

wǎng lái ér bù jué zhě chú rén yóu yě lín xī
往来而不绝者，滁人游也。临溪

ér yú xī shēn ér yú féi niàng quán wéi jiǔ
而渔，溪深而鱼肥；酿泉为酒，

quán xiāng ér jiǔ liè shān yáo yě sù zá rán ér
泉香而酒洌；山肴野蔌，杂然而

qián chén zhě tài shǒu yàn yě yàn hān zhī lè fēi
前陈者，太守宴也。宴酣之乐，非

sī fēi zhú shè zhě zhòng yì zhě shèng gōng chóu jiāo
丝非竹，射者中，弈者胜，觥筹交

cuò qǐ zuò ér xuān huá zhě zhòng bīn huān yě cāng
错，起坐而喧哗者，众宾欢也。苍

yán bái fà tuí rán hū qí jiān zhě tài shǒu zuì
颜白发，颓然乎其间者，太守醉

yě
也。

注释

休于树	在树下休息。
伛偻	驼背，指老人。
提携	领着走，指小孩。
洌	（水、酒）清。
山肴	山里的野味。
野蔌	野菜。蔌，菜蔬。
宴酣之乐，非丝非竹	宴会喝酒的乐趣不在于音乐。
射	投壶，古代宴会时一种游戏，以箭矢投壶，入壶中多者为胜，负者罚酒。
颓然	精神不振的样子，这里指醉态。

已而夕阳在山，人影散乱，太守归而宾客从也。树林阴翳，鸣声上下，游人去而禽鸟乐也。然而禽鸟知山林之乐，而不知人之乐；人知从太守游而乐，而不知太守之乐其乐也。醉能同其乐，醒能述以文者，太守也。太守谓谁？庐陵欧阳修也。

注释

阴翳	形容枝叶茂密成阴。翳，遮盖。	太守之乐其乐	太守以游人的快乐为快乐。
鸣声上下	鸟到处叫。	醉能同其乐	醉了能够同大家一起欢乐。

jì chéng tiān sì yè yóu
记承天寺夜游

sū shì
苏轼

yuán fēng liù nián shí yuè shí èr rì yè
元丰六年十月十二日夜，

jiě yī yù shuì yuè sè rù hù xīn rán qǐ
解衣欲睡，月色入户，欣然起

xíng niàn wú yǔ wéi lè zhě suì zhì chéng tiān sì
行。念无与为乐者，遂至承天寺

xún zhāng huái mín huái mín yì wèi qǐn xiāng yǔ bù
寻张怀民。怀民亦未寝，相与步

yú zhōng tíng tíng xià rú jī shuǐ kōng míng shuǐ zhōng
于中庭。庭下如积水空明，水中

zǎo xìng jiāo héng gài zhú bǎi yǐng yě hé yè wú
藻荇交横，盖竹柏影也。何夜无

yuè hé chù wú zhú bǎi dàn shǎo xián rén rú wú
月？何处无竹柏？但少闲人如吾

liǎng rén zhě ěr
两人者耳。

注释

元丰六年	公元1083年，时苏轼被贬黄州。
念无与为乐者	想到没有可以交谈取乐的人。
张怀民	名梦得，于此年贬官黄州，寓居承天寺。
藻荇	水生植物。
空明	形容水澄澈。
但	只是。
闲人	清闲的人。

qián chì bì fù
前赤壁赋

sū shì
苏轼

rén xū zhī qiū, qī yuè jì wàng, sū zǐ
壬戌之秋，七月既望，苏子
yǔ kè fàn zhōu yóu yú chì bì zhī xià. qīng fēng xú
与客泛舟游于赤壁之下。清风徐
lái, shuǐ bō bù xīng. jǔ jiǔ zhǔ kè, sòng míng yuè
来，水波不兴。举酒属客，诵明月
zhī shī, gē yǎo tiǎo zhī zhāng. shǎo yān, yuè chū yú
之诗，歌窈窕之章。少焉，月出于
dōng shān zhī shàng, pái huái yú dǒu niú zhī jiān. bái
东山之上，徘徊于斗牛之间。白
lù héng jiāng, shuǐ guāng jiē tiān. zòng yì wěi zhī suǒ
露横江，水光接天。纵一苇之所
rú, líng wàn qǐng zhī máng rán. hào hào hū rú píng
如，凌万顷之茫然。浩浩乎如冯
xū yù fēng, ér bù zhī qí suǒ zhǐ; piāo piāo hū
虚御风，而不知其所止；飘飘乎

注释

壬戌	宋神宗元丰五年，公元1082年。
既望	农历十六日。
属	通"嘱"，这里指劝人饮酒。
明月之诗、窈窕之章	《诗经·月出》第一章："月出皎兮，佼人僚兮。舒窈纠兮。劳心悄兮。""窈纠"与"窈窕"音义相近。
斗牛	斗宿、牛宿，都是星宿名。
白露	指白茫茫的水气。
纵一苇之所如	任凭小船飘去。纵，任。一苇，比喻小船。如，往。
凌万顷之茫然	越过那茫茫的江面。茫然，旷远的样子。
冯虚御风	凌空驾风而行。冯，通"凭"，虚，太空。御，驾。

rú yí shì dú lì yǔ huà ér dēng xiān yú shì yǐn
如遗世独立，羽化而登仙。于是饮

jiǔ lè shèn kòu xián ér gē zhī gē yuē guì
酒乐甚，扣舷而歌之。歌曰：“桂

zhào xī lán jiǎng jī kōng míng xī sù liú guāng miǎo
棹兮兰桨，击空明兮溯流光；渺

miǎo xī yú huái wàng měi rén xī tiān yì fāng
渺兮予怀，望美人兮天一方。”

kè yǒu chuī dòng xiāo zhě yǐ gē ér hè zhī qí
客有吹洞箫者，倚歌而和之。其

shēng wū wū rán rú yuàn rú mù rú qì rú sù
声呜呜然，如怨如慕，如泣如诉；

yú yīn niǎo niǎo bù jué rú lǚ wǔ yōu hè zhī
余音袅袅，不绝如缕，舞幽壑之

qián jiāo qì gū zhōu zhī lí fù sū zǐ qiǎo rán
潜蛟，泣孤舟之嫠妇。苏子愀然，

zhèng jīn wēi zuò ér wèn kè yuē hé wèi qí rán
正襟危坐，而问客曰：“何为其然

注释

羽化	道教认为，人成仙飞升如鸟，故称羽化。
扣舷	敲着船边。
桂棹兮兰桨	桂树做的棹啊木兰做的桨。棹，形似桨。
空明	指月光下清澄的江面。
溯流光	在月光浮动的水面逆流而上。
倚歌	依照歌曲的声调和节拍。

舞	（箫声）使（潜龙）听了起舞。
幽壑	深谷。
泣	（箫声）使……听了落泪。
嫠妇	寡妇。
愀然	容色改变的样子。
危坐	端坐。
何为其然也	（曲调）为什么这样（悲凉）呢？

yě kè yuē yuè míng xīng xī wū què nán
也？”客曰：“‘月明星稀，乌鹊南

fēi cǐ fēi cáo mèng dé zhī shī hū xī wàng xià
飞’，此非曹孟德之诗乎？西望夏

kǒu dōng wàng wǔ chāng shān chuān xiāng liáo yù hū cāng
口，东望武昌，山川相缪，郁乎苍

cāng cǐ fēi mèng dé zhī kùn yú zhōu láng zhě hū fāng
苍，此非孟德之困于周郎者乎？方

qí pò jīng zhōu xià jiāng líng shùn liú ér dōng yě
其破荆州，下江陵，顺流而东也，

zhú lú qiān lǐ jīng qí bì kōng shī jiǔ lín jiāng
舳舻千里，旌旗蔽空，酾酒临江，

héng shuò fù shī gù yí shì zhī xióng yě ér jīn ān
横槊赋诗，固一世之雄也，而今安

zài zāi kuàng wú yǔ zǐ yú qiáo yú jiāng zhǔ zhī shàng
在哉？况吾与子渔樵于江渚之上，

lǚ yú xiā ér yǒu mí lù jià yí yè zhī piān zhōu
侣鱼虾而友麋鹿，驾一叶之扁舟，

jǔ páo zūn yǐ xiāng zhǔ jì fú yóu yú tiān dì miǎo
举匏樽以相属。寄蜉蝣于天地，渺

注释

山川句	山水环绕，一片苍翠。
缪	缠绕。
方	当。
下	攻占。
舳舻	首尾相连的大船。
酾酒	斟酒。
槊	长矛。

渔樵于江渚之上	在江边捕鱼砍柴。
侣、友	与……为侣，与……为友。
匏樽	用葫芦做的酒器。
寄蜉蝣句	像蜉蝣一样生于天地间，渺小得像海里的一粒米。蜉蝣，朝生夕死的小虫，喻生命短暂。

cāng hǎi zhī yí sù āi wú shēng zhī xū yú xiàn cháng
沧海之一粟。哀吾生之须臾，羡长
jiāng zhī wú qióng xié fēi xiān yǐ áo yóu bào míng yuè
江之无穷。挟飞仙以遨游，抱明月
ér cháng zhōng zhī bù kě hū zhòu dé tuō yí xiǎng yú
而长终。知不可乎骤得，托遗响于
bēi fēng sū zǐ yuē kè yì zhī fú shuǐ yǔ
悲风。”苏子曰：“客亦知夫水与
yuè hū shì zhě rú sī ér wèi cháng wǎng yě yíng
月乎？逝者如斯，而未尝往也；盈
xū zhě rú bǐ ér zú mò xiāo zhǎng yě gài jiāng zì
虚者如彼，而卒莫消长也。盖将自
qí biàn zhě ér guān zhī zé tiān dì zēng bù néng yǐ yí
其变者而观之，则天地曾不能以一
shùn zì qí bú biàn zhě ér guān zhī zé wù yǔ wǒ
瞬；自其不变者而观之，则物与我
jiē wú jìn yě ér yòu hé xiàn hū qiě fú tiān dì
皆无尽也，而又何羡乎？且夫天地

注释

挟飞仙句	（希望）带着神仙在天地间遨游，与明月永远存在。
知不可句	（但）知道不能立刻得到，只能让箫音随悲风传出。遗响，洞箫的余音。悲风，秋风。
逝者如斯句	流去的水像这样流去，却实际没有流去。
盈虚者句	时圆时缺的月亮还是时圆时缺，最终却并没有减少或增加。
自其变者句	从变化的角度看，天地间每时每刻都在不停变化，从不变的角度看，万物和我都不会消失。

zhī jiān wù gè yǒu zhǔ gǒu fēi wú zhī
之间，物各有主，苟非吾之
suǒ yǒu suī yì háo ér mò qǔ wéi jiāng
所有，虽一毫而莫取，惟江
shàng zhī qīng fēng yǔ shān jiān zhī míng yuè
上之清风，与山间之明月，
ěr dé zhī ér wéi shēng mù yù zhī ér chéng
耳得之而为声，目遇之而成
sè qǔ zhī wú jìn yòng zhī bù jié shì
色；取之无禁，用之不竭。是
zào wù zhě zhī wú jìn zàng yě ér wú yǔ
造物者之无尽藏也，而吾与
zǐ zhī suǒ gòng shì kè xǐ ér xiào xǐ
子之所共适。”客喜而笑，洗
zhǎn gēng zhuó yáo hé jì jìn bēi pán láng
盏更酌。肴核既尽，杯盘狼
jí xiāng yǔ zhěn jiè hū zhōu zhōng bù zhī
籍。相与枕藉乎舟中，不知
dōng fāng zhī jì bái
东方之既白。

赏读

清风明月为大自然所创造，为人所共有，无穷无尽，又何必羡慕天地之无穷。

注释

苟非吾之所有句	如不是我的东西，即使一丝一毫也不要拿。
无尽藏	无穷的宝藏，佛家语。
更	更换。
肴核	菜肴和果品。
狼籍	同“狼藉”，杂乱不堪。
枕藉	纵横相枕而卧。
既白	已经显出了白色（指天亮了）。

hú xīn tíng kàn xuě
湖心亭看雪

zhāng dài
张岱

chóng zhēn wǔ nián shí èr yuè, yú zhù xī
崇祯五年十二月，余住西
hú. dà xuě sān rì, hú zhōng rén niǎo shēng jù jué.
湖。大雪三日，湖中人鸟声俱绝。
shì rì gēng dìng yǐ, yú ráo yì xiǎo zhōu, yōng cuì
是日更定矣，余挐一小舟，拥毳
yī lú huǒ, dú wáng hú xīn tíng kàn xuě. wù sōng
衣炉火，独往湖心亭看雪。雾凇
hàng dàng, tiān yǔ yún yǔ shān yǔ shuǐ, shàng xià yì
沆砀，天与云与山与水，上下一
bái. hú shàng yǐng zi, wéi cháng dī yì hén、hú xīn
白。湖上影子，惟长堤一痕、湖心
tíng yì diǎn、yǔ yú zhōu yí jiè、zhōu zhōng rén liǎng
亭一点、与余舟一芥、舟中人两
sān lì ér yǐ. dào tíng shàng, yǒu liǎng rén pū zhān
三粒而已。到亭上，有两人铺毡

注释

崇祯五年	崇祯是明思宗朱由检年号，五年为公元1632年。
更定	初更以后，晚上八点左右。
挐	通“桡”，撑船。
毳衣	皮毛衣服。毳，鸟兽的细毛。
雾凇沆砀	冰花一片弥漫。雾凇，冰气凝成的冰花。沆砀，白气弥漫的样子。
长堤一痕	西湖长堤在雪中只隐隐露出一道痕迹。

duì zuò yì tóng zǐ shāo jiǔ lú zhèng fèi jiàn
对坐，一童子烧酒，炉正沸。见
yú dà xǐ yuē hú zhōng yān dé gèng yǒu cǐ
余，大喜曰："湖中焉得更有此
rén lā yú tóng yǐn yú qiáng yǐn sān dà bái
人！"拉余同饮。余强饮三大白
ér bié wèn qí xìng shì shì jīn líng rén kè
而别。问其姓氏，是金陵人，客
cǐ jí xià chuán zhōu zǐ nán nán yuē mò shuō
此。及下船，舟子喃喃曰："莫说
xiàng gōng chī gèng yǒu chī sì xiāng gōng zhě
相公痴，更有痴似相公者！"

注释

焉得更有此人	意为想不到还会有这样的人。
白	古人罚酒用的酒杯，这里指酒杯。
相公	旧时对士人的尊称。

发现

闻一多

我来了，我喊一声，迸着血泪，
“这不是我的中华，不对，不对！”
我来了，因为我听见你叫我；
鞭着时间的罡风，擎一把火，
我来了，不知道是一场空喜。
我会见的是噩梦，那里是你？
那是恐怖，是噩梦挂着悬崖，
那不是你，那不是我的心爱！
我追问青天，逼迫八面的风，
我问，拳头擂着大地的赤胸，
总问不出消息，我哭着叫你，
呕出一颗心来，——在我心里！

1928年

闻一多（1899—1946），被朱自清誉为“中国抗战前唯一的爱国新诗人”。1925年闻一多留学归来，带着满腔的热情和报国之志，大喊一声“我来了”，投入祖国的怀抱。看到的却是祖国的满目疮痍，现实与想象之间的巨大落差让他悲愤地喊出“这不是我的中华”，“不对，不对”的连环否定中透出浓浓的苦闷和深深的失望。面前的土地已经不是当年的心爱，而是恐怖，是噩梦，是悬崖，归来的欢欣变成一场空喜。他悲愤，他追问，他哭喊，祖国你在哪里？呕心沥血之后才发现，祖国一直就在他的心里。对现实的深切憎恶反衬着对祖国的挚爱之情。这样的情感真实、直率、炽热，震撼着读者的心灵。

艾青

在黄河流过的地域
在无数的枯干了的河底
手推车
以唯一的轮子
发出使阴暗的天穹痉挛的尖音
穿过寒冷与静寂
从这一个山脚
到那一个山脚
彻响着
北国人民的悲哀

在冰雪凝冻的日子
在贫穷的小村与小村之间
手推车
以单独的轮子
刻画在灰黄土层上的深深的辙迹
穿过广阔与荒漠
从这一条路
到那一条路
交织着
北国人民的悲哀

1938 年

艾青 (1910—1996) 1933 年在狱中写下了他的成名诗作《大堰河——我的保姆》，他的诗饱含泥土气息和爱国热忱，诗风沉郁苍凉。《手推车》整首诗的艺术基调与北国土地上人民深沉的悲哀之情达到了一种内在的契合。“手推车以唯一的轮子发出使阴暗的天穹痉挛的尖音”，这尖锐的声音是在寒冷与静寂中，沉默的人民从内心深处发出的悲哀的呼喊。手推车“刻画在灰黄土层上的深深的辙迹，穿过广阔与荒漠”，飞跃时空，从这一条路到那一条路，既是历史的延续，又是现实的悲哀。这些都使诗人内心深处产生强烈的共鸣和深切的同情。

附 录

作品与作者简介

《尚书》 上古时代的政治文献的汇编，上起尧舜，下到秦穆公。是研究先秦早期历史的必不可少的文献，大部分的写作时代都在春秋以前，有一些是战国时代编撰的。语言大多非常难懂。《尚书》可能经过孔子的整理。

《周易》 儒家的“五经”之一。书分两部分，一是经文，即《易经》，这是古代占卜的资料汇编。二是《易传》，是对经文含义的解说，尤其是哲学含义。《易传》有十篇，分为《文言》、《彖》上下篇、《象》上下篇、《系辞》上下篇、《说卦》、《序卦》、《杂卦》，又称“十翼”，翼是辅佐的意思。《易经》，尤其是《易传》，具有非常深刻的哲学思想，不但对于我国的传统文化有举足轻重的作用，在国际上也产生过很重要的影响。

《论语》 孔子名丘，字仲尼，中国古代的圣人，春秋时代著名的思想家，儒家学派的创始人。孔子的思想的核心是“仁”和“礼”，仁即仁爱；礼是礼乐，是当时社会各个方面的行为规范。孔子弟子很多，相传有三千人，其中有七十二位著名的贤人。孔子去世后，他的弟子以及再传弟子们把他的言论搜集起来，编成《论语》一书。

《左传》 相传孔子晚年根据鲁国的史书，编写了《春秋》一书。这本书非常简略，不容易看懂。春秋末年，左丘明根据当时的史料，编撰了《春秋左氏传》，简称《左传》。该书对春秋时代的重要历史事件作了比较详细的叙述，便于对《春秋》一书做出客观的理解。它与《公羊传》《穀梁传》一起，被称为“春秋三传”。

《荀子》 荀子名卿，战国晚期儒家思想的代表人物。荀子主张人性本恶，所以需要通过后天的学习才能成为贤人，礼义是荀子思想的核心。荀子的思想中有很多富于现代的科学精神，例如现代胜过古代，天的运行是一种自然规律，人可以胜天等等。《荀子》一书，主要是荀子自己的作品，不过，少数作品可能是学生所作。

《论衡》 作者王充，字仲任，东汉人。书中对当时社会存在的各种弊端提出了质疑，甚至对于孔孟这样的圣人也提出了很多责问。书中反映的思想卓然不群，具有很浓厚的唯物主义色彩。

《孟子》 孟子名轲，字子舆，战国早期儒家思想的代表人物。孟子继承了孔子的思想，并做了发展，最重要的是提出了人性本善的学说。孟子非常重视平民百姓的利益，他明确提出“民为贵，社稷（国家政权）次之，君为轻”，这是了不起的思想。《孟子》一书，是孟子的弟子们根据他的言行编撰的，具有比较浓的思辩色彩。

《管子》 管子名夷吾，字仲，春秋时期伟大的政治家和思想家。他辅佐齐桓公，开创了春秋霸业，打退了夷狄的进攻，保卫了华夏民族。《管子》一书，内容非常丰富，涉及当时社会的政治、经济、天文、历法、地理、哲学等各个方面。这本书有管仲的思想，也包含了春秋战国时代齐国的很多思想家的作品。

《潜夫论》 作者王符，字节信，东汉人。全书主要是议论当时政治的得失，所以不愿意公开自己的姓名，自称“潜夫”，意思是隐者。书中也涉及很多哲学问题，例如提出“气”是万物的本原。

《老子》 老子相传姓李名耳，是春秋时代著名的思想家，道家学派的创始人。老子的思想核心是“道”，人要顺应自然的规律而“无为”。老子的思想与众不同，他常常从事物的反面看问题，一般人认为好的，他能看到不好的方面，一般人认为不好的，他能看到好的方面。老子的言论，流传下来的只有《老子》一书，又称《道德经》，这本书也是老子的后学弟子们编写而成的。

《韩诗外传》 作者韩婴，是汉文帝时的博士，汉初传授《诗经》的代表人物，所传《诗经》被称为“韩诗”。《韩诗外传》就是讲说《诗经》的著作。书中经常援引历史故事来解释诗义，故事都生动有趣，但是与先秦古籍中记载的故事常常有出入。

《人物志》 作者刘邵，字孔才，三国魏人。当时人喜好品评人物，刘邵就是其中的佼佼者。《人物志》是论辩人才的著作，通过人的各种外在表现，包括外貌，来推断人物的内在品质。这是总结人才鉴别经验的奇书。

《礼记》 儒家经典之一，它是讨论先秦时代贵族礼仪的著作，其中有很多深刻的政治理念和哲学思想，还记载了很多当时的社会制度。汉代传授礼记的有戴德和戴圣，他们是叔侄俩。戴德传授的是《大戴礼记》，共八十五篇，戴圣传授的是《小戴礼记》，共四十九篇。我们今天说到《礼记》，一般指《小戴礼记》。

《新序》 本书是汉朝宗室、学者刘向所编录的，远至舜禹、次及于周秦以至刘向当世，涵盖了古人的种种嘉言善行，分为杂事、节士、善事、刺奢四类，凡十卷。

《庄子》 庄子名周，战国时代道家思想的代表人物。庄子一生很清贫，但是不愿意做官。他的思想跟老子很接近，后人并称为“老庄”。《庄子》一书，是庄子自己和他的弟子们撰写的。《庄子》的文章，想象雄奇，汪洋恣肆，语言优美生动，大量运用寓言故事，而又深刻独特。

《韩非子》 韩非，战国末期法家思想的集大成者。韩非是韩国的国君的族人，曾受学于荀子。韩非口吃，不善言辞，但是所写文章非常雄辩。秦始皇看到他的文章后，曾兴兵攻韩要人，韩非到秦国后，受到同学李斯的陷害，死在秦国。《韩非子》主要是韩非的著作，不过，其中可能有同时代的其他法家人物的作品。韩非的主要思想是，君主不能用道德礼乐，而要运用法、术、势来驾驭臣下，达到治理国家的目的。

《吕氏春秋》 吕不韦是战国末期秦国的丞相，是一位杰出的政治家。他召集了很多门客，编撰了《吕氏春秋》一书，又名《吕览》，分八览、六论、十二纪，共一百六十篇。这本书的内容很庞杂，里面包含了先秦各种学派的思想，不过有一个总的主题，就是道家的“无为”。书中还有不少科学知识。先秦很多学派的思想因为《吕氏春秋》的记载才得以流传下来，非常珍贵。

《颜氏家训》 作者颜之推，字介，南北朝时文学家。这本书是训诫子孙的，但是内容非常丰富。全书以儒家思想为主，但明显受到当时道教风气的影响，论述修身齐家之道，辩正时俗，还论及字画音韵等。

《淮南子》 西汉初年，淮南王刘安召集门客撰写。又名《淮南鸿烈》，原来有内中外三本书，流传下来的只有内书二十一篇。《淮南子》的思想以道家为主体，兼采法家、阴阳家、名家等各派学说，反映了汉代初年占统治地位的思想。

《诗经》 我国第一部诗歌总集，共305篇，收录从周初到春秋中叶五百年间的作品。从内容上看，《诗经》包括风、雅、颂三部分，从手法上看，可分为赋、比、兴三种。

左思 （250？—305），字太冲，临淄人，西晋时著名文学家。《三都赋》与《咏史》诗是其代表作。据说《三都赋》问世后，争相传抄，一时“洛阳纸贵”。

陶渊明（365—427），字元亮，别号五柳先生，晚年更名潜，卒后亲友私谥靖节。东晋浔阳柴桑人（今九江市）人。其作品感情真挚，朴素自然，有时流露出逃避现实、乐天知命的老庄思想，有“田园诗人”之称。

鲍照（？—466），字明远，刘宋文学家，东海郯（治所在今山东郯城）人。

张九龄（678—740），字子寿，唐代韶州曲江（今广东韶关）人。张九龄是盛唐前期重要诗人，尤其是五言古诗，在唐诗发展中有很高的地位和巨大的影响。

李白（701—762），字太白，号青莲居士，唐代诗人，祖籍陇西成纪（今甘肃天水附近），生于中亚碎叶（在今吉尔吉斯斯坦），五岁时随父迁居绵州昌隆（今四川江油）。杜甫对他有“笔落惊风雨，诗成泣鬼神”之评。他是继屈原后，我国最为杰出的浪漫主义诗人，有“诗仙”之称。与杜甫齐名，世称“李杜”。

黄庭坚（1045—1105），字鲁直，号山谷道人，晚号涪翁。北宋修水人，江西诗派开山鼻祖。早年受知于苏轼，与张耒、晁补之、秦观并称“苏门四学士”。诗与苏轼并称“苏黄”，词与秦观齐名，书法与苏轼、米芾、蔡襄等被称为宋四家。

蒋士铨（1725—1784），清代诗人，字心馀、苕生，号藏园，又号清容居士。与袁枚、赵翼并称“江右三大家”。

陆游（1125—1210），南宋诗人。字务观，号放翁，越州山阴（今浙江绍兴）人。与杨万里、尤袤、范成大齐名，被称为“南宋四大家”。是我国伟大的爱国诗人。诗风雄奇奔放，沉郁悲壮，生前即有“小李白”之称。

柳永（？—约1053），原名三变，字景庄，后改名永，字耆卿，排行第七，北宋崇安（今属福建）人。世称柳七、柳屯田。其词多描绘城市风光和歌妓生活，尤长于抒写羁旅行役之情。创作慢词独多。铺叙刻画，情景交融，语言通俗，音律谐婉，在当时流传很广。

李清照（1084—1155）号易安居士，南宋杰出女文学家，章丘明水（今属济南）人。以词著名，兼工诗文，并著有《词论》，在中国文学史上享有崇高声誉。

张孝祥（1132—1169），字安国，号于湖居士，南宋历阳乌江（今安徽和县）人。

姜夔（约1155—约1221），字尧章，号白石道人，南宋江西鄱阳人。他有多方面的艺术才能，兼通诗词，擅音律。能自度曲。词作以清雅著称。

元好问（1190—1257），字裕之，号遗山，太原秀容（今山西忻县）人。金代文学家，史学家。为金元之际的文学大家，在诗、词、文、曲、小说和文学批评方面均有造诣，诗歌成就尤高，沉郁悲凉，追踪老杜，堪称一代史诗。好问词以苏、辛为典范，博采众长，兼有豪放、婉约诸种风格，当为金代词坛第一人。

萨都剌（1305？—1355？），元代诗人。字天锡，号直斋。

李密（224—287），字令伯，一名虔，犍为武阳（今四川彭山县东）人。西晋文学家。

王羲之（约321—379），字逸少，东晋琅琊临沂人。王羲之因曾为右军将军，所以又称“王右军”。

江淹（444—505），字文通，南朝济阳考城（今河南兰考县）人。

韩愈（768—824），字退之，唐代河内河阳（今河南省孟县）人，又称韩昌黎。反对六朝以来的骈偶文风，提倡散体，是杰出的散文家。他的诗笔力雄健，力求新奇，开了“以文为诗”的风气，对宋诗影响很大。

欧阳修（1007—1072），字永叔，自号醉翁。北宋庐陵（今江西省吉安县）人，文忠是其谥号。欧阳修是我国古代著名的文学家，为“唐宋八大家”之一。

苏轼（1037—1101），北宋文学家、书画家。字子瞻，号东坡居士，眉州眉山（今属四川）人。苏洵子。南宋时追谥文忠。与父洵、弟辙合称“三苏”。其文汪洋恣肆，明白畅达，为“唐宋八大家”之一。其诗清新豪健，善用夸张比喻，在艺术表现方面独具风格。词开豪放一派，对后代很有影响。擅长行书、楷书，与蔡襄、黄庭坚、米芾并称“宋四家”。能画竹，学文同，也喜作枯木怪石。论画主张“神似”，认为“论画以形似，见与儿童邻”；高度评价“诗中有画，画中有诗”的艺术造诣。

张岱（1597—1679），字宗子，一字石公，号陶庵，山阴（今浙江绍兴）人，晚明小品文的代表作家。生于官宦人家，少时为纨绔子弟，终生不仕，寄情山水，著书立说。

版本目录

尚书	《十三经注疏》，阮元校刻，中华书局，1980
周易	《十三经注疏》，阮元校刻，中华书局，1980
论语	《论语译注》，杨伯峻译注，中华书局，1963
左传	《春秋经传集解》，杜预集解，上海古籍出版社，1988
荀子	《荀子集解》，王先谦注，中华书局，1988
论衡	《论衡注释》，北京大学历史系《论衡》注释小组注释，中华书局，1979
孟子	《孟子译注》，杨伯峻译注，中华书局，1960
管子	《管子》，张之纯编纂，曹家达校订，商务印书馆，1924—1926
潜夫论	《潜夫论笺校正》，王符撰，汪继培笺，中华书局，1985
老子	《老子道德经》，王弼注，中华书局，1954
韩诗外传	《韩诗外传集释》，许维遹校释，中华书局，1980
人物志	《〈人物志〉校笺》，李崇智著，巴蜀书社，2001
礼记	《十三经注疏》，阮元校刻，中华书局，1980
新序	《新序校释》，石光瑛校释，陈新整理，中华书局，2001
庄子	《庄子译注》，杨柳桥撰，上海古籍出版社，2006
韩非子	《韩非子》，韩非著，上海古籍出版社，1989
吕氏春秋	《吕氏春秋校释》，陈奇猷校译，学林出版社，1984
颜氏家训	《颜氏家训》，檀作文译注，中华书局，2007
淮南子	《淮南鸿烈集解》，刘文典撰，中华书局，1989
汉广	《诗经译注》，周振甫译注，中华书局，2002
娇女诗	《先秦汉魏晋南北朝诗》，逯钦立编，中华书局，1988

移居	《陶渊明集笺注》，袁行霈注，中华书局，2003
拟行路难	《鲍参军诗注》，黄节注，人民文学出版社，1957
望月怀远	《全唐诗》，中华书局，1960
客中作	《李白集校注》，上海古籍出版社，1980
蜀道难	《李白集校注》，上海古籍出版社，1980
登快阁	《山谷诗集注》，上海古籍出版社，2003
剑门道中遇微雨	《陆放翁全集》，中国书店，1986
岁暮到家	《蒋士铨诗选》，中州古籍出版社，1990
雨霖铃（寒蝉凄切）	《乐章集校注》，中华书局，1994
望海潮（东南形胜）	《乐章集校注》，中华书局，1994
一剪梅（红藕香断玉簟秋）	《李清照集校注》，人民文学出版社，1979
卜算子·咏梅	《陆放翁全集》，中国书店，1986
念奴娇·过洞庭	《增订注释陆游张孝祥词》，文化艺术出版社，1999
扬州慢（淮左名都）	《白石道人歌曲》，中华书局，1985
水调歌头·与李长源游龙门	《遗山乐府校注》，凤凰出版社，2006
念奴娇·登石头城	《雁门集》，上海古籍出版社，1982
陈情表	《文选》，李善注，中华书局，1977
兰亭集序	《全上古三代秦汉三国六朝文》，严可均编，中华书局，1958
别赋	《江文通集汇注》，中华书局，1984
师说	《昌黎先生文集》，上海古籍出版社，1994
醉翁亭记	《欧阳修全集》，中国书店，1986
记承天寺夜游	《苏东坡全集》，中国书店，1986
前赤壁赋	《苏东坡全集》，中国书店，1986
湖心亭看雪	《丛书集成初编》，中华书局，1985

本书音频可通过扫描上方二维码获得